Elogios para

Un día con un perfecto desconocido

"Genial. Magistral. Repleto de una verdad libertadora".

—Stephen Arterburn, autor del bestseller *Every
Man's Battle* y fundador de New Life Ministries

"No se deje engañar por la sencillez de estilo de David
Gregory. El mensaje compartido con el lector a lo largo de
Un día con un perfecto desconocido es un mensaje profundo,
y las preguntas que suscita nos pueden cambiar la vida".

—Liz Curtis Higgs, autora del bestseller *Bad
Girls of the Bible*

"¡Abróchese el cinturón para un encuentro maravillosamente divino con el *Perfecto desconocido*! Una vez más,
Gregory recurre a su maestría para demostrar que nuestro
Dios nos ama a todos y cada uno apasionada e íntimamente. Si lo que busca es un encuentro estimulante con la
fe, los libros del *Perfecto desconocido* están entre los instru-
mentos más versátiles y poderosos de nuestros días".

—Shannon Ethridge, autora del bestseller
Every Woman's Battle y *Every Woman's Marriage*

"Me gustó mucho *Cena con un perfecto desconocido,* pero me fascinó *Un día con un perfecto desconocido.* Este libro encierra el potencial para hacer reflexionar a las personas sobre sus motivaciones, sobre las razones que los mantienen alejados de Dios, y sobre aquello que, con el tiempo, los hará sentirse realizados. En una sociedad basada en los sentimientos y gobernada por la búsqueda de la satisfacción, la *Cena...* es un instrumento que no tiene precio. Las personas tienen sed de respuestas a las preguntas que plantea Mattie. Estoy ansiosa por darlo a leer a amigos y amigas que todavía no han encontrado al Desconocido en su propio mundo".

—Lisa T. Bergren, autora del bestseller *The Begotten*

"A veces los libros más sencillos son los que dejan las huellas más profundas. David Gregory ha logrado cautivar mi imaginación, y lo ha hecho maravillosamente. Mientras leía *Un día con un perfecto desconocido,* no dejaba de preguntarme una y otra vez qué haría yo si tuviera la oportunidad de tomar un café con leche con Jesús. Al final del libro, me di cuenta de que es una oportunidad que tenemos todos los días. No sólo nos está escuchando, también nos habla. A cualquiera que haya disfrutado con *Cena con un perfecto desconocido* le fascinará la continuación".

—Rene Gutteridge, autora del bestseller *BOO* y *The Splitting Storm*

David Gregory

Un día con un perfecto desconocido

David Gregory es el autor de *Cena con un perfecto desconocido* y coautor de dos libros de ensayos. Después de una carrera profesional de diez años en los negocios, volvió a la universidad para estudiar religión y comunicación, en ambos de los cuales posee un Máster. Gregory es oriundo de Texas.

Un día con un
perfecto desconocido

Un día con un perfecto desconocido

DAVID GREGORY

VINTAGE ESPAÑOL

UNA DIVISIÓN DE RANDOM HOUSE, INC.

NUEVA YORK

PRIMERA EDICIÓN VINTAGE ESPAÑOL, JULIO 2006

*Copyright de la traducción © 2006 por Vintage Books,
una división de Random House, Inc.*

Los sucesos y personajes (con la excepción de Jesucristo) que aparecen
en este libro son ficticios, y cualquier parecido con sucesos y personajes
reales es pura coincidencia.

Traducido por Alberto Magnet

Biblioteca del Congreso de los Estados Unidos
Información de catalogación de publicaciones
está archivada.

Vintage ISBN-10: 0-307-27833-6
Vintage ISBN-13: 978-0-307-27833-3

www.grupodelectura.com

Impreso en los Estados Unidos de América
10 9 8 7 6 5 4 3 2 1

Para Barbara,
cuyo alma está satisfecha

Mis gracias a Michael Svigel y Ava Smith
por sus contribuciones especiales a este libro.

Un día con un perfecto desconocido

uno

NUNCA IMAGINÉ QUE llegaría a ser una de esas mujeres que se alegran de dejar a su familia. No es que los quería abandonar, sólo que me alegraba de poder escaparme por unos cuantos días. O tal vez por hasta más tiempo, en el caso de uno de ellos.

Quizá debería haberlo celebrado en lugar de escapar. ¿No es eso lo que una hace con las grandes noticias? Y de ésas teníamos de sobra.

Hace unas semanas, Nick, mi marido, me dijo que había conocido a Jesús. No fue uno de esos encuentros típicos con Jesús, al estilo de "he sido salvado". Quiero decir que conoció a Jesús. Literalmente. En un restaurante italiano de Cincinnati.

Desde luego, al principio creí que estaba bromeando. Pero no era una broma. Luego pensé que había tenido alucinaciones. Lo cierto es que trabajaba setenta horas a la semana y dormía poco. Pero Nick insistió en su cuento, lo cual me dejó con un sentimiento de no saber qué hacer.

Lo único que sabía era que mi marido estaba convencido de haber cenado con Jesús, y que ahora se había convertido en un cristiano fanático. Ya era bastante ingrato haber visto cómo su dedicación al trabajo lo alejaba de nuestro hogar. Ahora, cuando estábamos juntos, sólo quería hablar de Jesús. No era precisamente lo que yo tenía en mente cuando pensaba en la frase de "hasta que la muerte los separe".

Las cosas ya habían estado bastante tensas entre nosotros sin que Dios se metiera de por medio. Era como si alguien hubiera secuestrado al verdadero Nick y lo hubiera reemplazado por un clon religioso de Nick. Ahí estábamos, viviendo una pseudo felicidad conyugal, cuando de pronto, Nick, al que no sorprenderían ni muerto en el estacionamiento de una iglesia, se convierte en el mejor amigo de Jesús.

No es que me oponga a la religión. La gente puede

creer en lo que le dé la gana. Pero yo no crecí en un ambiente religioso, nunca fui una persona religiosa ni me había casado con un hombre religioso. Y quería que siguiera así.

De modo que alejarme cuatro días de Nick era un alivio. Lo que no quería era dejar a Sara, mi pequeña de dos años. Es verdad que me agradaba la idea de un respiro. A cualquier madre le pasaría lo mismo. Pero nunca me había separado de ella más de dos noches, e incluso al segundo día ya la echaba de menos. Y eso que era mi madre la que se ocupaba de ella. En mi madre al menos confiaba. Con Nick cuidando de ella, no se sabía qué podría pasar. Aunque no era mal padre, cuando estaba en casa y no estaba ocupado con su celular.

Pero tenía que hacer este viaje. Uno de mis clientes había construido un hotel en un complejo turístico cerca de Tucson, y quería que yo diseñara los nuevos prospectos. La gerente insistió en mostrarme personalmente las instalaciones. Dijo que tenía que conocerlas de primera mano para captar plenamente su esencia. Yo tenía la esperanza de disfrutar de un masaje gratis.

Casi nunca tenía que viajar por mi profesión de

diseñadora gráfica, lo cual me parecía bien. La mayoría de los contratos que había firmado desde que nos mudamos a Cincinnati eran con empresas locales. A veces volvía a Chicago por algún trabajo, pero incluso con mis clientes antiguos manejaba la mayoría de los asuntos por Internet. Pero en este caso se trataba de mi cliente más importante —desde hacía seis años—, y no era precisamente el momento de decir que no.

El viaje tendría que haber sido ir, mirar y volver en un solo día. Dos, a lo máximo. Pero como es imposible conseguir un vuelo sin escalas de Cincinnati a Tucson, reservé un billete con escala en Dallas, lo cual significaba un día de ida y otro de vuelta.

Imposible pensar en algo que tuviera menos ganas de hacer durante dos días de mi vida. Además, no me gusta demasiado volar. Prefiero meter un par de cosas en el carro, salir de casa y echarme a la carretera. En un carro nadie te pide que hagas cola, o que te quites los zapatos, ni te obliga a comer un aperitivo de galletas saladas y secas. Tampoco nadie te lleva a un lado ni te obliga a extender los brazos mientras te pasan un detector por todo el cuerpo. ¿Por qué será que siempre me eligen a mí?

Además, esa mañana en concreto no me sentía demasiado bien. Sabía que subir a un avión sin haber desayunado no era una idea brillante, ya que ahora ni siquiera sirven la comida sosa que ofrecían de costumbre. Pero pensé que si hacía falta cedería a la tentación de comprarme una merienda.

Antes de salir de casa, escribí una nota y la dejé en el mostrador de la cocina.

Nick,

La pijama de Sara está en el cajón de arriba, por si no te acuerdas. Puede que no te acuerdes, ya que este año no la has acompañado a la cama por la noche. Su cepillo de dientes está en el cajón izquierdo en su baño. He dejado muchos jugos, harina de avena y cereales para el desayuno. Además, le gustan las tostadas con mermelada. Hay una olla con los macarrones que a ella le gustan en la nevera y unas verduras congeladas. Cuando se acabe eso, le gusta comer filetes de pollo. No te olvides de la hora de los cuentos en la biblioteca mañana a las 10:30.

Me puedes llamar al celular si me necesi-

tas para cualquier cosa relacionada con Sara.
Espero que te lo pases magníficamente con tu
amigo Jesús.

> *Mattie*

Fui en mi propio carro hasta el aeropuerto. Nick se había ofrecido a llevarme, pero yo rechacé la oferta. Hacer el trayecto sola era preferible a tener que soportar a Nick hablándome de sus últimos descubrimientos en la Biblia, que ahora leía vorazmente, o a escuchar la radio cristiana, un destino más cruel que la muerte. Estacioné y me dirigí a la terminal. La música suave y la ausencia de cháchara sobre Jesús me procuraban un grato alivio.

Milagrosamente pasé por los dispositivos de seguridad sin que me sometieran a ningún tipo de registro especial y me dirigí a la puerta de embarque. Me acomodé en un asiento con mi equipaje de mano y le eché un vistazo a mi tarjeta de embarque. *Estupendo*, pensé. *Me ha tocado un asiento E, en el medio. ¿Por qué no hice la reserva antes para conseguir un mejor asiento? Tal vez pueda cambiarme a un asiento de pasillo en la parte trasera del avión.*

Un minuto más tarde, la azafata en la puerta de embarque echó mano del micrófono y anunció:

—Señoras y señores, nuestro vuelo a Dallas está lleno. Para acelerar el despegue, les rogamos que guarden su equipaje y ocupen sus asientos lo antes posible.

Estupendo.

Cuando llamaron a embarcar a los pasajeros de primera clase, recordé algo que había olvidado decirle a Nick. Saqué mi celular y lo llamé al despacho.

—Nick, estoy en el aeropuerto.

—Hola, ¿cómo va todo?

—Escucha, olvidé decirte que Laura estará cuidando a Sara con su hijo Chris hasta alrededor de las cinco y media. Los va a llevar a la piscina de la YMCA.

—Ningún problema. Llegaré a casa un poco más temprano y prepararé algo para Sara y para mí.

—¿Qué? ¿Quieres decir que vas a cocinar?

—Sí, este mediodía compré todo lo necesario para hacer espaguetis con albóndigas.

—Ahora sé que siempre habrá milagros. Bueno, tengo que irme; mi vuelo está embarcando.

—¿Me llamarás esta noche?

—Ya veremos, Nick. Puede que esté muy cansada.

—Pues, que tengas un viaje excelente. Te quiero.

—Ya, adiós Nick.

Apagué el celular, tomé mi bolso y mi maleta y me puse en la cola para embarcar justo cuando llamaban a mi grupo. Un segundo después, se escuchó al representante de la compañía ofreciendo dos bonos de viaje de doscientos dólares para quien quisiera tomar un vuelo cuatro horas más tarde. Nadie aceptó la oferta. Cuando ésta subió a trescientos dólares, me aparté de la cola. *Quizá tengan un asiento en el pasillo para el próximo vuelo.*

—¿A qué hora llegaría a Tucson? —pregunté.

El agente consultó los vuelos de conexión.

—A las diez y veintidós esta noche.

Casi a las diez y media. Además, tengo que alquilar un carro y conducir hasta el hotel. Casi me dará la medianoche.

Desistí, pensando que estaría demasiado cansada al día siguiente.

Volví a la cola con el último grupo de pasajeros, recorrí la rampa de acceso, y esperé unos minutos interminables mientras los demás pasajeros decidían dónde meter sus cosas. Cuando por fin llegué a mi asiento, había espacio suficiente en el compartimiento superior para mi maleta, pero no para mi bolso. Guardé mi maleta y miré hacia los asientos a mi izquierda. Los dos asientos a ambos lados del mío ya estaban ocupados. Dos señores. *Estupendo. Apretada como una sardina entre dos hombres durante las próximas dos horas y media. ¿Por qué no me habrán sentado junto a dos mujeres de talla 2?* El señor del pasillo se levantó de su asiento para dejarme pasar. Me deslicé en el asiento del medio, resignada a no tener un apoyo para los codos. Los hombres siempre monopolizan los reposabrazos.

Me incliné hacia delante, metí mi bolso debajo del asiento de delante, y encogí los hombros para acomodarme en el respaldo. *Seguro que será un viaje de lo más entretenido.*

La temperatura en el interior de la cabina no facilitaba las cosas. Levanté la mano y abrí el conducto de aire. Aquello me alivió un poco. Me recliné y me quedé ahí sentada, con la vista fija hacia delante.

No he traído nada para leer. ¿En qué estaría pensando? Debí haber comprado una novela en el aeropuerto. Nunca hago eso. Pero hubiera sido agradable tener algo para distraerme durante un rato.

Miré en el bolsillo del asiento de delante. *Quizá alguien dejó una revista aquí.* Pero no había gran cosa para escoger. Un catálogo de *SkyMall* que vende aparatos caros que nadie necesita. Instrucciones sobre cómo usar mi asiento como instrumento de flotación, en caso de que aterrizáramos en el río Mississippi. Saqué la revista mensual de la línea aérea. Empecé a leer un artículo sobre la vida en algún lugar de la costa española. Casas enormes, playas de blancas arenas, aguas claras y transparentes, acantilados espectaculares. *¿Están bromeando? La gente en el mundo real no vive así.*

En ese momento, sonó mi celular. Me incliné hacia delante, busqué en mi bolso y lo cogí en el cuarto pitido.

—¿Aló?

—Hola, viajera, ¿qué me cuentas? —Era mi hermana, Julie.

—Acabo de embarcar. Estamos esperando a que quiten la manga.

—¿Has dejado a Sara en buenas manos o necesitas mi ayuda?

—Bueno, en teoría la dejé en buenas manos. Ahora, cómo le vaya a Nick con ella, ya lo veremos cuando vuelva.

—¿Con qué la va a alimentar?

—Me dijo que iba a cocinar algo.

La oí reír.

—¿Nick? ¿Cocinar?

—Ya lo sé.

—¿Ha vuelto al planeta tierra o todavía sigue en las nubes?

—Sigue en las nubes. Anda totalmente flipado con ese cuento de Jesús.

—¿Qué piensas hacer?

—No estoy segura —dije, vacilando—. Hoy llamé a un abogado y me dio hora para la semana que viene.

—¡Mattie! ¿En serio?

—No lo sé. Quizá sea demasiado pronto. Es que no sé si podré seguir aguantándolo. Quiero decir, las cosas ya estaban bastante mal antes de que a Nick le entrara la vena religiosa. Tal como está todo ahora, no veo cómo lo vamos a superar.

—Creía que últimamente Nick pasaba más tiempo contigo y con Sara.

—Sí, es verdad. Lo que pasa es que ya no estoy tan segura de que eso sea lo que quiero. Estoy muy confundida.

—¿Por qué no vuelves a la terapia? —preguntó—. Quizá otro terapeuta.

—¿De qué serviría? No se puede decir que la última ayudó mucho. Además, esta cuestión es muy diferente a la adicción al trabajo de Nick. Sencillamente no veo un punto medio en este asunto de la religión.

Tenía ganas de seguir hablando con Julie, pero escuché el aviso por los parlantes del avión.

—Tengo que colgar —le dije—. Nos están pidiendo que apaguemos los celulares y todo eso. ¿Te puedo llamar esta noche? También tengo que contarte otra cosa.

—No lo sé… puede que salga.

—Julie… por una vez, no salgas de copas esta noche. No te conviene.

Una de las azafatas pasó a mi lado y me lanzó una mirada.

—Te llamaré esta noche —dije—. Procura estar, ¿sí?

—De acuerdo.

Apagué el celular, lo metí en mi bolso, me eché hacia atrás y cerré los ojos. *No puedo creer que Nick y yo no lleguemos ni siquiera a nuestro cuarto aniversario.*

El avión rodó por la pista y despegó.

dos

—¿HA PENSADO USTED en la posibilidad de que su marido haya escogido el camino correcto?

El hombre sentado a mi derecha, junto a la ventanilla, había plegado su copia del *Wall Street Journal* y se giró ligeramente para mirarme. Tenía la pinta de un típico ejecutivo en viaje de negocios: unos treinta y cinco años, traje azul, camisa celeste y corbata roja con dibujos. Era de altura normal, delgado, con pelo oscuro.

—¿Perdón?

—No pude evitar oír parte de su conversación. ¿Se le ha ocurrido alguna vez que quizá su marido tenga razón?

Me lo quedé mirando, incrédula. No podía creer

que aquel perfecto desconocido se estuviera metiendo en mis asuntos personales.

—¿Razón acerca de qué?

—Acerca de Dios. De Jesús.

—¿De qué está hablando?

—Insisto, no era mi intención oír su conversación… Pero tengo la impresión de que su marido ha encontrado a Dios.

La verdad es que oyó mi conversación y ahora sí que me está enojando.

—Lo único que ha encontrado mi marido es otra excusa para ir y hacer lo que le da la gana. Y, perdóneme que le diga, no es en absoluto asunto suyo.

Me giré y me quedé mirando hacia delante. Intuía que él también se había girado y ahora tenía la vista fija al frente. Los dos guardamos silencio. *Esto es muy desagradable. Nunca he tenido un incidente con nadie en un avión. No puedo creer que haya tenido el descaro de hablarme.*

De repente, el hombre tomó el periódico que tenía en las rodillas y me lo ofreció.

—Observé que buscaba algo para leer. ¿Quiere compartir mi *Journal*?

—No —respondí—. Gracias, de todas maneras.

Él se dejó dos secciones del *Journal* sobre las rodillas y abrió la tercera. Yo volví a abrir mi revista de la línea aérea. Al cabo de un rato, vi que bajaba su periódico.

—¿Le importa si le hago otra pregunta? —dijo.

Con el dedo, señalé la página en la revista y la cerré.

—No, supongo que no —respondí, intentando mantener cierto nivel de cortesía. *Ya sé que me arrepentiré de esto.*

—¿Alguna vez ha pensado en tener una relación personal con Dios?

—No —dije, procurando que no hubiera ni una pizca de emoción en mi voz—. En realidad, no me gusta la religión.

—No estoy hablando de religión. Estoy hablando de una relación.

—Está hablando de Dios. Eso es religión.

—Estoy hablando de conocer a Dios personalmente.

—Ya, de acuerdo. —Volví a abrir la revista—. Lo que sea.

—¿Cree usted en Dios? —preguntó.

—En realidad, no —dije, y sentí que mi cabeza se hundía un poco más en la revista. *No quiero perder los estribos con este tipo.*

—Así que no sabe si Dios existe o no?

—¿Quién sabe?

—Supongamos que él sabe. Entonces hablamos de la realidad, no de la religión, ¿no le parece?

—Mire, cualquier cosa que tenga que ver con Dios es religión —dije, mirándolo—. Y no quiero nada que ver con eso.

Él entrelazó los dedos y se los quedó observando un momento antes de volver a mirarme.

—De acuerdo, déjeme hacerle una pregunta. Si esta noche usted muriera, ¿sabe dónde iría?

—¡No!

Dos personas de la fila de delante se dieron vuelta para mirarme.

—No —repetí—. No creo que iría a ninguna parte. No sé si iré a alguna parte. No me preocupa el cuento de la vida después de la muerte. Sólo intento seguir adelante con esta vida. —Me llevé la revista a la altura de los ojos y me voltié hacia el pasillo.

—Lo sé —insistió él—. Es que lamento ver cómo echa su matrimonio por la borda. Creo que si usted...

Con un gesto brusco, arrojé la revista sobre mi falda y me volví hacia él.

—Mire, usted no sabe nada de mí, de mi matrimonio ni de mi vida. Y aquí está, intentando meterme sus creencias en la cabeza. Lo último que quiero es una conversación acerca de Dios. Este viaje era para escapar de todo eso.

—¿Por qué quiere escaparse de una parte de la vida de su marido? —preguntó él.

—Porque no forma parte de lo que soy yo —respondí, brusca—. No es parte de lo que quiero ser, ni de lo que quiero que sea mi familia. Si eso es lo que Nick quiere ser, entonces lo puede hacer sin mí. Con su permiso —dije, y me levanté de mi asiento.

El hombre en el asiento del pasillo se levantó y me dejó pasar. Los pasajeros sentados detrás de nosotros me miraban. Caminé hasta la parte trasera del avión. Los dos lavabos estaban ocupados y había una mujer que esperaba entrar en uno de ellos. Me quedé de brazos cruzados, furiosa.

No puedo creer que me haya puesto a hablar con ese tipo. Me hubiera venido igual de bien invitar a Nick. No puedo creer que me haya hablado de esa manera. Le dije lo que pensaba de la religión. ¡Y que luego él venga y se atreva a hacer esos comentarios sobre mi matrimonio!

Un niño salió de un lavabo y entró la mujer.

Y ahora, ¿qué voy a hacer? No me puedo quedar parada aquí el resto del viaje. Pero tampoco tengo ganas de volver a sentarme a su lado.

Miré mi reloj. Una hora y media para llegar a Dallas.

Pensé en mis diferentes opciones. Era evidente que era demasiado tarde para pedirle a alguien que me cambiara el asiento. Busqué a una azafata. Las dos estaban en el otro lado del avión y habían empezado a servir las bebidas y algo para picar. *Tengo que comer algo para calmar el estómago.* Del otro lavabo salió un hombre. Entré yo. *Supongo que volveré y me limitaré a leer. Lo puedo ignorar. Seguramente no se atreverá a decir nada más.*

Volví a mi asiento intentando pasar desapercibida.

—Oiga —me dijo el vecino de la ventanilla al sentarme—. Lamento si le hice perder la paciencia. Yo sólo…

—Claro —dije, como sabiendo de qué hablaba—. Olvidémoslo.

—De acuerdo, espero que el resto del viaje le sea agradable.

—Seguro que sí.

Cerré los ojos y él, por suerte, se calló.

tres

NO LLEVABA NI dos minutos con los ojos cerrados cuando oí a un niño que reía. Abrí los ojos. Un pequeño de unos cuatro años no paraba de meter la cabeza en el espacio entre los dos asientos delanteros y de mirar al hombre sentado a mi izquierda. Su cabeza aparecía una y otra vez; el niño hacía una mueca, reía y volvía a esconderse detrás de su asiento. La tercera vez me giré y miré a mi vecino del pasillo. Él también le hacía caras al niño.

El juego continuó unos cuantos minutos hasta que el niño apareció por encima del respaldo de su asiento. En una mano tenía un camión de bomberos.

—¿Quieres jugar con mi camión? —le preguntó al hombre.

—Claro. Tienes un camión muy bonito. ¿Cuántos incendios has apagado ya?

—No lo sé. Unos cien.

El niño hizo correr al camión por encima del respaldo y luego lo hizo bajar hasta donde alcanzaba su brazo, sin dejar de imitar el ruido de un camión. De repente volvió a desaparecer, pero sólo para asomarse de nuevo con otro juguete.

—¿Quieres jugar con mi carro de policía? —le preguntó al hombre.

—Por supuesto —dijo éste. El niño le dio el carro y el hombre se lo aceptó. Los dos hicieron rodar los vehículos sobre el respaldo del asiento del niño, emitiendo sonidos como "¡vrum!", fingiendo que carro y camión iban a chocar y, en el último momento, esquivándose.

—Las puertas y el maletero de tu carro se pueden abrir —dijo el niño.

—¿Ah, sí? Veamos.

El hombre abrió las puertas.

—¿Qué pones en el maletero? —preguntó.

—Bandidos.

—Ah, seguro que cuesta respirar ahí dentro, ¿no te parece?

—No, los dejo salir cuando llegamos a la comisaría.

Siguieron jugando otro rato, hasta que las azafatas nos ofrecieron bebidas y galletas saladas. *Por supuesto.* Yo pedí un jugo de arándano y manzana y el hombre a mi izquierda pidió uno de naranja. El tipo del lado de la ventanilla perdió su oportunidad, dormido como estaba, lo cual me pareció perfecto. La azafata me puso un hielo en el vaso, me lo dio y me tendió mi lata de jugo. El hombre del pasillo la recibió y me la pasó.

—Gracias —dije.

—De nada.

Él abrió su jugo. Yo hice lo mismo con el mío y lo vertí sobre el hielo en el vaso. Me di cuenta de que mi vecino no usaba el apoyo del brazo. *Vaya, qué insólito, tratándose de un hombre.* Yo lo reclamé deslizando el codo por encima.

—¿A dónde va? —preguntó él.

—A Tucson.

—¿Un viaje de negocios o de placer?

—Los dos, espero. Voy a visitar un hotel en un complejo turístico para observar el ambiente… tomar unas fotos. He oído que también tiene un buen *spa*.

—¿Es fotógrafa?

—No, qué va —dije, riendo—. Soy diseñadora gráfica. Quiero decir, media jornada. La otra media jornada soy madre.

—Suena como si tuviera un empleo y medio. Como mínimo.

—La verdad es que sí.

Los dos bebimos nuestros jugos.

—Usted es muy bueno con los niños —dije.

—Me encantan.

—¿Tiene hijos? —El hombre tenía más o menos mi edad, treinta y pocos años. Supuse que también tendría uno o dos pequeños.

—No tengo descendientes físicos, no.

Me pareció una manera rara de definir a los niños.

—¿Cuántos tiene usted? —preguntó.

—Sólo una. Una hija. Tiene dos años.

—Qué edad más maravillosa.

—Así es —dije, sonriendo—. Ya sabe decir oraciones enteras. Tengo la sensación de que hablará hasta por los codos. Ayer íbamos en el carro hablando de cumpleaños y me preguntó: "Mami, ¿me regalas un bizcocho de dinosaurio para mi cumpleaños?"

Él ahogó una risilla.

—Me fascina ver cómo a los niños les atraen tanto los dinosaurios. Es como si hubieran existido especialmente para su imaginación.

—El papá de Sara tiene muchas ganas de llevarla al Museo de Historia Natural, en Chicago. Yo pensaba que era una actividad más apropiada para los niños que las niñas, pero parece que Sara se lo pasará bien. En unos cuantos años.

Abrí mi bolsa de galletas saladas y comí uno. *¿Por qué como estas cosas?* Lo engullí con un trago de jugo.

El hombre del pasillo volvió a hablar.

—Lamento lo de su encuentro con nuestro amigo, su vecino —dijo, señalando hacia el asiento de la ventanilla.

—Bueno, sobreviviré. Supongo que estoy un poco irritable.

—Ya la entiendo.

Él tomó un trago del jugo y abrió su propia bolsa de

galletas saladas. Supuse que se refería a mi matrimonio. Todos los pasajeros en un radio de cinco filas se habían enterado de que mi matrimonio no iba bien.

—¿Ha estado casado alguna vez? —pregunté.

—No, no precisamente —dijo él.

—¿Comprometido?

—Se podría decir que ahora estoy comprometido, en cierto sentido.

—¿No han fijado una fecha para la boda?

—No hemos anunciado ninguna fecha.

¿Comprometido en cierto sentido? ¿Y sin fecha para la boda? ¿Qué tipo de compromiso es ése?

—¿Llevan mucho tiempo juntos?

—Depende del marco temporal que use, pero sí, bastante tiempo.

Metí la bolsa de galletas saladas en el bolsillo del asiento de delante y tomé otro trago.

—Supongo que nunca se sabe lo que pasará en el matrimonio. —No sabía con certeza si le estaba hablando a ese hombre o a mí misma.

—¿Y eso?

—Pues, ya sabe. Nadie nunca piensa que tendrá

problemas con su pareja. Quiero decir, todos saben que tendrán algunos problemas, pero nadie espera…

Mi voz se apagó. Así era yo, primero gritándole al tipo de la derecha por meterse en mis asuntos privados y ahora a punto de contarle la historia de mi vida al hombre de la izquierda. Es verdad que éste parecía una persona mucho más juiciosa. Aun así, no estaba segura de querer meterme en esa conversación. Bien mirado, ni siquiera lo conocía mejor que… al tipo de la ventanilla. Sin embargo, a veces hablamos más fácilmente con desconocidos. Por eso hay quienes se confiesan con un camarero en una barra, ¿no? Se sienten seguros. Le escuchan a uno su historia, evitan emitir juicios y comentan lo que uno quiere que comenten. Esa es, al menos, la teoría.

Decidí seguir con mi hilo de pensamiento. O, más bien, mi línea de interrogatorio.

—¿Por qué será que ustedes los hombres cambian tan pronto se casan?

—¿A qué se refiere?

—Quiero decir… usted nunca ha estado casado, pero es un hombre.

—Se podría decir así.

—Y seguramente ha tenido relaciones previas—. *El hombre está comprometido y es relativamente guapo.*

—Desde siempre he tenido relaciones.

Bueno, no es para tanto.

—Entonces, ¿qué pasa con los hombres? Convencen a las mujeres para que se casen con ellos y, una vez que han conquistado el premio, aflora su verdadera personalidad.

—¿Y las mujeres no son así?

—Sí, lo somos, pero es diferente. Es... sencillamente diferente. No hacemos un giro de ciento ochenta grados.

—¿Así ha sido con su marido?

—Sí, absolutamente. Ojalá Nick pudiera retener más de las cualidades del hombre que era cuando lo conocí.

—¿Cómo era en aquel entonces?

Me hizo la pregunta como si de verdad le interesara la respuesta.

—Tenía tiempo para mí. Digo, en esa época era estudiante de posgrado y estaba muy atareado, pero solía tomarse su tiempo para estar conmigo. Y cuando estaba conmigo, lo estaba de verdad. Emocionalmente. Al contrario de ahora.

—¿Cómo es ahora?

—Después de que nos casamos, todo eso cambió. Nos mudamos a Cincinnati, él empezó a trabajar más horas largas en su nuevo empleo y ya no tenía tiempo para mí. Ni para hacer cosas en la casa, como al menos recoger la habitación de vez en cuando o limpiar el baño cada quince días, cosas que solía hacer antes. Le digo, estuvimos juntos tres años antes de casarnos. Y vivimos juntos por dos de esos tres años. A esas alturas, una piensa que ya conoce al otro.

Tomé un trago y miré de reojo al tipo de la ventanilla. Me sentía un poco cohibida. Estábamos lo bastante cerca de los motores como para que los demás pasajeros no me oyeran pero, desde luego, no quería que el otro escuchara más cosas sobre mi vida privada. Comprobé que seguía durmiendo.

—No lo sé —seguí—. Supongo que el matrimonio es una especie de apuesta. Nunca se sabe qué dirección tomará la vida de tu compañero. Supongo que el hombre con que una se casa no es realmente el hombre con que se casa. Llevamos una cierta imagen de la persona a la que decidimos unirnos, y esperamos que así sean una vez casados. Pero no lo son. Al menos, Nick no lo fue.

—¿Y qué es lo que ha desatado la crisis? Suele haber algún motivo.

Yo guardé silencio. Lo mío iba a sonar como una estupidez. En realidad, más que una estupidez.

—Bueno, hace unas semanas, Nick volvió a casa tarde una noche diciendo que había cenado con Jesucristo. Así, absolutamente de la nada. Digo, un día parece que está totalmente cuerdo y, al siguiente, empieza a inventarse cuentos raros y se convierte en un chiflado de la religión.

—Y ahora le sigue contando lo mismo…

—Exactamente lo mismo. Ahora sólo sabe hablar de Jesús. Nunca ha sido un hombre religioso, ni en lo más mínimo. He intentado no hacerle demasiado caso, pero me está volviendo loca.

—¿Cómo han estado las cosas, aparte de eso?

—En realidad, pasa un poco más de tiempo en casa.

Nos dedica más tiempo a mí y a Sara. Creo que ha terminado un proyecto en el trabajo. Pero casi preferiría volver a como era antes. Ya no es el hombre con el que me casé. No tenía previsto que la religión irrumpiera de repente en mi vida. Lo está echando todo a perder.

—La religión siempre lo echa todo a perder —dijo él—. Detesto la religión.

cuatro

EN ESTE PUNTO del vuelo, experimenté lo que para mí es la segunda peor pesadilla de viajar en avión (después de quedar atrapada junto a un evangelista): el tipo del asiento de delante reclinó el respaldo de su asiento. *Sinvergüenza. ¿De dónde saca la gente la idea de que tienen el derecho de reclinar el respaldo sin preguntar? ¡Yo mido cinco pies con once pulgadas! "Perdone por fastidiarle el viaje ahí atrás, señora, pero así estoy mucho más cómodo". Oh, ningún problema. Ahora tengo la alternativa de hacerle lo mismo a la persona sentada detrás de mí, o ser transportada hasta Dallas en un espacio que equivale a la mitad del maletero de mi carro.* Resistí la tentación de hacer lo que siempre me dan ganas de hacer, que es clavar mis rodillas en el respaldo como si fuera la cosa más natural del mundo hasta que la persona vuelva a enderezarlo.

Finalmente decidí quitarme la obsesión de la cabeza —mi rabia silenciosa no afectaba en nada al tipo de delante—, y volver al vecino de mi izquierda. Su último comentario sobre la religión había despertado mi curiosidad. Sin embargo, no estaba muy segura de querer abordar de nuevo el tema; ya luchaba lo suficiente con mis sentimientos hacia el nuevo pasatiempo de Nick. No sabía si valía la pena complicarme aun más. Pero su opinión despertó mi curiosidad.

—¿Por qué no le gusta la religión?

—¿Y usted, no está de acuerdo?

—Pues… —Al tener que dar una verdadera razón, me dí cuenta que no era tan sencillo. Siempre he dicho que la gente puede creer en lo que le da la gana, y nunca me ha importado. Sin embargo, ahora quería estar lo más lejos posible de la religión—. Puede que sí. No digo que la gente no tenga derecho a creer lo que quiera. Sencillamente, no es para mí. —Me serví el resto del jugo antes de preguntarle—: ¿Y usted? Fue usted el que dijo que la detestaba.

—La veo como algo que impide a la gente vivir plenamente la vida. Hace que algunas personas se sientan culpables por cosas de las que no deberían sentirse culpables, y que otras se preocupen de cosas de las que no tendrían que preocuparse.

—¡Estoy de acuerdo! La gente religiosa siempre se ve tan tensa.

—La gente se pasa el tiempo dedicada a una serie de cosas para complacer o aplacar a alguna supuesta deidad. Lamentablemente, es un esfuerzo inútil.

—Uno pensaría que se ocuparían de alimentar a los pobres o algo así.

—Bueno, lo hacen a menudo. Y eso es algo positivo. Pero hay muchas cosas de la religión… ¿Por qué pensaría alguien que vestir ropas especiales, o darse un baño en un determinado río, o repetir ciertas frases específicas, o abstenerse de ciertas comidas, o viajar a lugares concretos es como acumular puntos? Sin embargo, la gente hace cosas así en todo el mundo. Los cristianos de los Estados Unidos siempre han tenido sus reglas predilectas: no juegues a las cartas, no bailes, no vayas al cine.

—No toques el alcohol —agregué—. Una noche

invitamos a unos cuantos vecinos a comer postre, y una de las parejas no quería ni probar la tarta de ron. ¡Por favor!

Él rió.

—Lo que importa es lo que hay en el interior, no los rituales externos.

—Tienes toda la razón —convine yo.

—Como el burka que se ven obligadas a ponerse algunas mujeres musulmanas.

—¿Ése que las tapa enteras con la excepción de una ranura para los ojos?

—Sí, el que las tapa enteras. La mayoría de las mujeres musulmanas quieren vestir modestamente. Y eso es admirable. Pero a muchas las amenazan o las golpean por no estar completamente tapadas. Eso es una maldad. Los hombres temen que las mujeres despierten su lujuria. Sin embargo, podrían meter a las mujeres en bloques de cemento y su lujuria sería la misma.

Sonreí. *Me cae bien este tipo. Ve las cosas tal como son, y así las dice, también.*

—El problema —continuó él—, es lo que hay en el corazón de los hombres, no lo que hay en el cuerpo de las mujeres. El control sobre el cuerpo femenino no es más que un pretexto para que el hombre ejerza su dominio.

—Detesto eso —dije—. ¡Y por lo visto hay gente que quiere hacer lo mismo aquí! En nuestra ciudad hay una iglesia donde, según me han contado, ni siquiera dejan hablar a las mujeres. Me dan ganas de plantarme ahí un domingo por la mañana, levantarme en mitad del culto y decirles a todos lo que pienso.

Él volvió al tema más amplio.

—Me enfurece que la religión haya sido utilizada para justificar tanta maldad, como la esclavitud y el racismo, la guerra, la opresión y la discriminación. Odio que la religión sea la causa de tanta ignorancia y superstición en el mundo. No soporto la idea de que la gente tenga que escapar de la religión para vivir una vida normal.

—Sí —contesté, con una voz dócil, cuando la imagen de Nick volvió a aparecer en mi cabeza—. Ya lo creo.

—Donde yo crecí —dijo él—, la religión y la hipocresía iban de la mano. Aborrezco a las personas que dicen ser de una manera pero que en sus corazones y en la realidad son todo lo contrario. Lo he visto siempre. Los líderes insisten en las reglas, lo cual los convierte en unos santurrones. Y luego imponen esas reglas a otras personas, que se sienten culpables cuando no pueden respetarlas como es debido. Es un gran juego de poder, una manera de mantenerse en posiciones de dominación.

—¿Dónde creció usted?

—En el Este, en un pueblo pequeño.

—Me han dicho que los pueblos pequeños pueden ser perjudiciales, en ese sentido.

Pasó una azafata con una bolsa de plástico para recoger la basura. Le devolví mi lata, pero me quedé con el vaso, que todavía tenía un poco de hielo.

—¿Me podría dar agua? —pedí.

—Claro —dijo ella, con un leve acento—. Se la traigo en un momento.

Al cabo de un minuto, volvió con una botella de agua. Cuando me la pasaba, el hombre le dijo algo en una lengua extranjera, quizá del este de Europa. A ella se le iluminó el rostro y le respondió en la misma lengua. Conversaron un par de minutos y luego ella se fue hacia la parte trasera del avión.

—Habla muy bien ese idioma —comenté—. ¿Qué lengua era?

—Croata.

—Es una lengua muy difícil.

—He vivido un tiempo allá.

Tomó lo que le quedaba de agua.

—Una de las cosas que más me irritan es cuando las personas que de verdad tienen buenas intenciones se distorsionan por la religión.

Ese era mi temor más grande con Nick. A pesar de que trabajaba mucho, en realidad no era un tipo malo. Hasta ahora, potencialmente.

—¿Qué quiere decir? —pregunté.

—Quiero decir que las personas acaban pensando que tienen que hacer determinadas cosas o ser de una cierta manera para que las acepten. Así que dejan de ser quienes son y, al contrario, intentan vivir de acuerdo a una serie de reglas que no pueden cumplir, y no paran de sentirse culpables y miserables.

—Yo me siento miserable con sólo pensar en ello.

—Y entonces empiezan a distanciarse de las personas más cercanas a ellos. Temen que los que no creen como ellos acabarán desviándolos de su camino. Así que en lugar de hacerlos más cariñosos, la religión los aísla de aquellos a quienes aman de verdad.

Abrí mi botella de agua, tomé un trago largo y volví a ponerle lentamente la tapa.

—Tuve una amiga así —reconocí—. Mi mejor amiga en el instituto, Melinda. Nos conocíamos desde la escuela primaria, pero en la escuela superior estábamos las dos en el equipo de voleibol, y nos hicimos muy amigas. Durante dos años, hacíamos de todo juntas. Y el verano antes del cuarto año de la escuela superior, se convirtió al cristianismo. Fue a un campamento o algo así.

—¿Y qué sucedió?

—Nunca volvimos a ser como antes. Empezó a juntarse con sus amigas cristianas, y se metió en uno de esos grupos de jóvenes cristianos, y ya no tenía gran cosa que ver conmigo. Digo, seguíamos en el mismo equipo, y a veces hacíamos cosas pero, a medida que avanzaba el año, fueron cada vez menos. Yo que tenía dieciséis años, me sentí muy marginada.

—Es una pena —dijo él—. A eso me refería.

—Sí. Yo creía que seríamos amigas para siempre. Pero creo que después de graduarnos ni siquiera volvimos a vernos. La vi en la fiesta del décimo aniversario de nuestra promoción.

—¿Qué hacía ella?

—Se casó con un tipo en la universidad y después se divorció. Supongo que después de todo, la religión no le sirvió de mucho. No tenía hijos. Estaba saliendo con otro tipo en esa época, y se dedicaba a las cosas de su iglesia.

Volví a destapar la botella y tomé otro trago. Él se giró levemente para mirarme.

—Tiene miedo de que su marido vaya a hacer lo mismo, ¿no? Aunque no la deje físicamente, que lo haga emocionalmente.

Me sorprendió su franqueza.

—¿Y usted qué es? ¿Terapeuta o algo así?

—La verdad es que sí.

—Oh, yo…

—No era mi intención dármelas de entendido. Sólo que me parecía una situación similar.

—Sí —dije, mirándome los pies—. Superé lo de

Melinda al cabo de un tiempo. Con los amigos de la escuela superior, nunca se sabe. En cuanto a Nick…

—Arrugué la nariz y me mordí el labio para retener unas lágrimas que ya empezaban a fluir—. Una cosa es perder a una amiga…

Me quedé un momento mirando al vacío.

—Si no es una cosa, es otra —continué—. Primero es un adicto al trabajo, ahora viene con este cuento de Jesús. En cualquier caso, Nick no ha invertido en nosotros. ¿Qué sentido tiene seguir casados?

—No habla como si de verdad quisiera divorciarse.

—No. —Me sorprendió la seguridad con que lo dije—. No quiero. Quiero que nuestra familia siga unida. Pero Nick la está destrozando. ¿Por qué lo hace? ¿Por qué intentó acercarse tanto a mí antes de casarnos, y desde entonces es como si no le importara? Me casé para tener un alma gemela, no sólo para llevar un anillo y recalentar las comidas cuando Nick llega tarde del trabajo. Tal vez sea que con el tiempo los hombres se van distanciando.

Él lanzó un suspiro leve.

—Es una pregunta difícil. Depende del hombre.

Pero, en general, los hombres tienen miedo a apegarse demasiado. No les han enseñado a encariñarse con los demás cuando crecen. No han sido amados por lo que son sino por cómo se desempeñan. Se sienten inseguros y torpes, y no quieren que nadie los conozca como creen conocerse a sí mismos. Tienen miedo a ser rechazados.

—Por lo tanto, se aseguran de ser ellos quienes rechazen a los demás. Es la lógica infalible que tienen los hombres.

Él sacudió su cabeza en desacuerdo.

—Yo no diría que lo piensan a partir de una lógica. Gravitan naturalmente hacia las cosas que los hacen sentirse competentes y donde son menos susceptibles de experimentar un rechazo, como en el trabajo. Creen que así podrán satisfacer las necesidades de su alma. Se equivocan, pero eso es lo que hacen.

—Me está diciendo que lo que verdaderamente necesitan es intimidad, no el trabajo, ni los deportes o lo que sea.

—El trabajo es importante para un hombre. Muy importante. Para un hombre, proveer para su familia y tener la seguridad de que es capaz de hacer las cosas forma parte de su razón de ser. Pero, sí, en el fondo los hombres quieren relacionarse, como las mujeres. Quieren ser amados por lo que son, no por lo que producen. Quieren sentirse aceptados.

—Entonces, ¿cómo se relaciona eso a lo que le pasa a Nick con este cuento de Jesús? Quiero decir, para él no es lo mismo que el trabajo. Nadie le va a dar ningún premio por hablar de Jesús.

—Tiene razón —dijo él—. Esto es completamente diferente. Nick está explorando algo más profundo. Si él presta atención como debe, encontrará lo que en el fondo de su corazón busca de verdad.

—¿Y cómo le dará esto lo que él está buscando?

—Ésa es la pregunta clave, ¿no le parece? Si logra dar con ella, puede que salve su matrimonio.

cinco

"*Si LOGRA DAR con ella, puede que salve su matrimonio*".

Las palabras de mi vecino de asiento me seguían rondando. Tal vez tenía razón. Quizá mi reacción ante los cuentos de Nick era tan instintiva que no me había dado el tiempo para mirar más allá de lo superficial. No es que tuviera muchas ganas, sobre todo más allá de *esa* superficie. ¿No podría haber sido otra cosa? ¿Cualquier otra cosa?

Investigar por qué Nick tenía una aventura amorosa podría haber sido más fácil. Pero si mi matrimonio se estaba yendo al traste, lo menos que podía hacer era entender por qué. Sabía que ese cuento de Jesús probablemente no era más que una fase, pero tenía que haber algo subyacente que había lanzado a Nick en brazos de esas ideas.

El niño volvió a asomar por encima de su respaldo. El destino de su viaje parecía ser una playa, a juzgar por las conversaciones que oí sobre castillos de arena, fosos y defensas contra las olas.

Volví a echar mano de la revista de la aerolínea y empecé a hojearla. Leí por encima un artículo sobre los vinos de Texas que no me interesó demasiado. Un par de páginas sobre la carrera de la actriz Hilary Swank no dieron mejor resultado. *¿Por qué nunca tienen artículos interesantes en estas revistas?* Supongo que no quieren arriesgarse a herir la susceptibilidad de los viajeros y tienen que aguar el contenido hasta alcanzar un insulso común denominador. Intenté, sin demasiada convicción, encontrar un reportaje que captara mi atención, pero no lo conseguí. Devolví la revista al bolsillo del asiento.

Miré por la ventanilla para ver dónde estábamos. Allá abajo, un mosaico de cultivos cubría un territorio casi totalmente plano. Eso significaba que estábamos… en alguna parte entre Ohio y Texas. Como si eso me sirviera de algo. Miré mi reloj. *¿A qué hora se* *supone que este avión aterrize en Dallas? ¿A la una y cuarto? Faltan treinta y cinco minutos.*

Cerré los ojos. Aunque me sentía físicamente agotada, no estaba del todo cansada. Sencillamente no tenía nada que hacer. El tipo del asiento de la ventanilla empezó a roncar ligeramente. Eso no ayudaría a que el tiempo pasara más deprisa. En la hilera de delante, oí que el padre le ofrecía al niño algo de comer. *Típico padre. Ni se da cuenta de que las circunstancias le ofrecen un descanso de tener que ser padre. Si el pequeño se divertía con el hombre que va sentado a mi lado, ¿por qué distraerlo?*

Intenté purgar mi cabeza de casi todas estas cosas y procuré relajarme. Pero la purga no funcionaba. *"Si logra dar con ella, puede que salve su matrimonio".* La idea no me abandonaba. *Puedo dejar que los acontecimientos sigan su curso, o intentar tomar la iniciativa en mi matrimonio. Puedo tratar de entender y relacionarme con lo que le está pasando a Nick. Bueno, quizá no relacionarme con ello, pero al menos entender qué le está pasando. Si al menos logro entenderlo, tal vez pueda influir en ello.*

Sentí que despertaba en mí un remoto impulso para

tomar una decisión. *Puede que las cosas no tengan futuro, pero no tengo por qué dejar que mi matrimonio se hunda sin resistir. Me lo debo a mí misma, y se lo debo a Sara. Y ahora...*

No me nacía pensar que también se lo debía a Nick. Si pensaba en el papel que interpretaba como marido, él me debía a mí, y me debía mucho. Pero en ese momento, no se trataba de eso...

¿Por qué Nick de pronto se habría vuelto religioso? Nick es un tipo inteligente. ¿Por qué habría de creer en esas historias? ¿Por qué las necesitaría? Nick no es de los que no puede vivir su vida sin una fuente de apoyo.

Me puse a pensar retrospectivamente en nuestra relación. ¿Habrá dado Nick muestras de que le interesaba todo esto? Según recordaba, durante su infancia iba a la iglesia de vez en cuando, pero eso era porque su madre lo obligaba. Nick no se tragaba nada ni se creía nada. Quizá tuviera unas creencias elementales acerca de Dios, pero eran muy elementales, y no significaban gran cosa para él. En un par de ocasiones nos visitaron en casa los Testigos de Jehová, y Nick estuvo a punto de darles con la puerta en las narices. Solía burlarse de la iglesia de nuestro barrio y de sus intentos nada disimulados de llegar sutilmente a los vecinos. Y jamás demostró ningún interés en ese cuento de la Nueva Era en que se habían metido algunos amigos nuestros, excepto para reírnos juntos de ello.

Por donde se le mirara, Nick era el hombre menos religioso que hay. Trabajaba. Y trabajaba. Y trabajaba. Y cuando no trabajaba, jugaba al golf, miraba el fútbol y escuchaba los programas deportivos en la radio. Dios no aparecía por ninguna parte entre sus aficiones.

Fue como si un día me hubiera despertado y me encontrara con otro hombre tomando café a la hora del desayuno. ¿Había llegado a la conclusión de que el trabajo ya no lo llenaba tanto? De hecho, últimamente ha estado trabajando menos. Pero, ¿por qué convertirse en un cristiano fanático? Yo me habría imaginado que simplemente pasaría más tiempo jugando al golf.

La verdad era que el camino que había escogido Nick desde hacía unas semanas me desconcertaba. Como si hubiera salido de la nada. Para mí, simplemente no tenía sentido. Hasta que por un momento pensé en una peregrina posibilidad.

Quizá de verdad le sucedió algo. No… eso no puede ser. Pero… de la noche a la mañana, Nick pasó de ser una persona totalmente no religiosa a ser un cristiano fanático. Es imposible que haya decidido algo así por sí solo. ¿Haría Nick eso? No encajaba para nada con su manera de ser.

¿Qué le habrá pasado? ¿Es posible que haya tenido realmente un encuentro con Dios, o con quien sea? Pero, ¿cómo se podría interpretar eso?

Oí el familiar "¡ding!" del avión y observé que se había encendido la señal para ajustarse los cinturones. El jefe de cabina anunció que estábamos próximos a aterrizar. El tipo de la ventanilla se despertó. Yo miré por la ventana. Dallas era una ciudad rodeada de mucho más agua de lo que había imaginado. Y de una niebla marrón.

—¿Eso de allá abajo es contaminación? —pregunté a nadie en particular.

—El aire se ha vuelto irrespirable aquí —dijo el tipo de la ventanilla.

El pasajero de delante enderezó su respaldo y pude volver a relajar las piernas. Su hijo había desaparecido detrás del asiento. Miré al hombre de mi izquierda.

—He disfrutado de nuestra conversación —dije—. Me ha dado cosas en que pensar.

Él sonrió.

—Me alegro. Yo también he disfrutado de la conversación.

El avión aterrizó y comenzamos a rodar hacia la puerta correspondiente. Sentí que el tipo de la ventanilla se inclinaba hacia mí.

—Saben —dijo, mirándonos a los dos—, he oído algunas cosas que decían acerca de la religión.

Qué sorpresa.

—Estoy de acuerdo con algunas de las cosas que han dicho —siguió—, y me refiero a todas esas tonterías de la religión. Verán, yo voy al cine, aunque no voy a ver las películas de calificación "R"... bueno, con la excepción de *Salvando al soldado Ryan,* que es una maravilla. ¿Y no calificaron con una R también a *La pasión de Cristo*?

El vecino del pasillo contestó por los dos.

—Sí, así es.

—Es la película más sangrienta que he visto en mi vida. ¿Han visto alguna vez tanta sangre?

Ninguno de los dos respondimos.

—En fin, a la gente se le va la mano con eso de las reglas religiosas, pero... —dijo, ahora mirando al tipo del pasillo—, creo que se equivoca al decir que la religión impide a la gente gozar de la vida. Según mi experiencia, las personas auténticamente religiosas —los cristianos, quiero decir— son las que más pueden gozar de la vida. —El tipo volvió a mirarme a mí—. No es mi intención ser pesado. Sólo creo que ustedes dos tendrían que pensar en eso.

En ese momento, el avión se detuvo, todo el mundo saltó de sus asientos y el nivel del ruido aumentó considerablemente, lo cual puso fin a la conversación. *Aleluya.*

El vecino de la izquierda, que seguía sentado, se inclinó y me dijo, casi en un susurro:

—Tiene buenas intenciones.

—Lo dudo —respondí.

Nos quedamos sentados mientras todos a nuestro alrededor se incorporaban y se daban prisa en recuperar sus objetos personales. *¿Por qué la gente hace siempre lo mismo? Es evidente que no pueden salir a ninguna* *parte*. Finalmente, el avión se vació hasta llegar a nosotros. El hombre del pasillo se levantó y se apartó de su asiento. No daba la impresión de llevar equipaje. Sacó una maleta del compartimento superior y la dejó a su lado.

—¿Es suya? —me preguntó.

—Sí, gracias.

Tomé mi maleta y salí al pasillo. Cuando tiraba del mango, lo oí decir "Hasta la próxima". Me giré y lo vi alejarse.

—Sí —dije, intrigada por lo que habría querido decir.

Tardé un momento en poner mi bolso sobre la maleta. Lo llevé por el pasillo, a través de la manga y hasta la terminal. Miré a la izquierda y derecha, pero no vi al tipo en ninguna de las dos direcciones. *¿Y qué me habrá pasado que ahora me pongo a buscarlo?*

Me dirigí a la puerta de mi próximo vuelo. Pasé junto a todas las tiendas del aeropuerto: kioscos de prensa, tiendas de regalos, librerías, alimentación. Entré en la librería. En la lista de los "20 mejores best-sellers", conté seis libros sobre religión. Miré a mi alrededor —*como si temiera que alguien me viera*— antes de echar mano de uno y hojearlo. Lo dejé y leí la contratapa de otro. Lo devolví a su soporte. *En realidad, ¿qué me pueden decir estas cosas a mí?*

Me dirigí a la sección de libros de bolsillo y compré la última novela de Nicholas Sparks (me había fascinado su libro *Un paseo para recordar*). Me acerqué con mi maleta a la caja y lo dejé sobre el mostrador.

—Sólo esto, por favor.

La cajera metió el libro en una bolsa de la librería y me cobró. Lo tomé junto con mi bolso y los dejé sobre la maleta. Seguí caminando por la terminal, y crucé un largo pasillo que desembocó en otro. Justo cuando había divisado mi puerta de embarque, pasé junto a un café Starbucks. *Justo lo que quería.* Faltaba una hora y media para mi vuelo, tiempo de sobras para un café con leche. Entré en el Starbucks y me puse en la cola detrás de dos tipos. El primero pidió un Frappuccino. El segundo pidió el café del día y un trozo de tarta de café. Su voz me era familiar. Pagó y se giró. Era el vecino del pasillo.

—Hola —dijo.

—Hola —respondí—. Qué divertido encontrarte por aquí.

La chica del Starbucks le dio su pedido y me miró. Yo di un paso adelante.

—Un café grande, con vainilla y leche, por favor. Descafeinado. —Me moría por un poco de cafeína, pero quería portarme bien—. Y un pastel de manzana con canela. —Le entregué un billete de cinco dólares.

—¿Haces escala? —pregunté al tipo del avión.

—Sí. ¿Y tú?

—Me queda un poco más de una hora.

La camarera me entregó el pastel y nos dirigimos lentamente a recoger los cafés. El hombre que los preparaba dejó una taza en el mostrador.

—Café grande, descafeinado, con vainilla y leche —dijo. Yo lo cogí.

—¿Quieres sentarte en una mesa conmigo? —preguntó el pasajero del pasillo.

—Sí, claro.

Se dirigió a la única mesa vacía, cerca de la entrada. Nos sentamos y probamos nuestro café. Me sentía un poco rara, sentada en un Starbucks con un hombre. Al fin y al cabo, todavía estaba casada. *¿Pero qué hay de malo en tomar un café con un tipo que acabo de conocer en el avión? No volveré a verlo. Tampoco lo estaba buscando… no exactamente. Además, es terapeuta.*

—¿Y qué? ¿Has comprado algo en la librería?

—¿Cómo sabes que he entrado en la librería? —pregunté, con cierta suspicacia.

—¿Podría ser por la bolsa que llevas?

—Oh —dije, y le eché una mirada—. Sí, compré un libro. Nicholas Sparks. Echaba de menos una buena lectura.

Comí un trozo de mi pastel y tomé un poco de café. Una pregunta me rondaba la cabeza. Pensando en nuestra conversación de antes, sabía cuál sería su respuesta. Pero tenía ganas de hablarlo con alguien, y este hombre parecía inofensivo, seguro, en más de un sentido. Y yo valoraba su opinión. Así que…

—Estaba pensando…

—¿Sí?

—Estaba pensando, y me siento un poco tonta preguntando esto, a propósito de lo que conversábamos antes…

—Las preguntas sinceras no son estúpidas.

—Bien… —dije, incapaz de formular mi pregunta con otras palabras—, ¿tú crees que es posible que una persona conecte personalmente con Dios?

seis

ERA LA ÚLTIMA pregunta que jamás se me habría ocurrido hacer. Ni siquiera sabía si Dios existía. Y aquí estaba yo, preguntándole a este hombre si una podía comunicarse personalmente con Dios. Sin embargo, vi que se lo tomaba con calma. En realidad, era lo que yo quería, alguien con quien pudiera sondear ciertas posibilidades y sentirme tranquila.

—¿Por qué lo preguntas? —respondió él.

—Bueno, dado lo que dijimos antes, acerca de la religión, probablemente pensarás que es lo más estúpido que has oído en tu vida. Pero después de que hablamos, me puse a pensar en lo que le está pasando a Nick. Quiero decir, Nick y sus historias con la religión. Y mientras pensaba en ello, no le encontraba ningún sentido. No encaja para nada con la manera de ser de Nick, o con lo que normalmente haría. Y… bueno, no lo sé. Me puse a pensar y quizá… quizá Nick realmente tuvo un encuentro con Dios. O con Jesús. O con algo. —Guardé silencio un momento—. Ya sé que debe parecerte una locura.

—No, en realidad, no.

—Pero si tú ni siquiera crees en Dios —dije.

—Tu marido sí cree, y es él quien intenta conectar con Dios. A mí me parece que vale la pena ahondar en ello.

Me sorprendió su respuesta, pero me reconfortó ver que había alguien dispuesto a conversar. Al menos tuve la impresión de que me ofrecía hablar del tema.

—¿Así que piensas que es posible? —inquirí—. ¿Que alguien pueda de verdad conectar con Dios?

—¿Tú qué piensas?

—Pues, como ni siquiera estoy segura de que exista un Dios…

—¿Dices que no crees en Dios o que sencillamente no sabes qué pensar acerca de la posibilidad de Dios?

Me quedé un momento cavilando.

—Supongo que no sé qué pensar.

—¿De modo que dirías que es posible que exista un Dios?

—Digamos… que es posible, supongo. Ya sé, me dirás que es una locura.

—¿Por qué no partimos de la base de que existe, y continuamos desde ahí? Quizá podamos entender algo de lo que está viviendo Nick.

Parecía una manera razonable de investigar el tema y, quizá, de descubrir alguna respuesta.

—De acuerdo —dije—. Me parece bien.

—¿Qué pasaría si Dios existiera realmente? ¿Crees que sería posible formar una relación con él?

—No, en realidad, no —dije, con toda sinceridad—. Quiero decir, Dios sería mucho más grande y poderoso… tanto más que nosotros, supongo, que no creo que pudiéramos aspirar a comunicarnos con él. ¿Cuál sería la base de nuestra comunicación? Sería como una hormiga intentando comunicarse con nosotros.

—Es una buena pregunta —dijo él, y bebió un sorbo de café—. ¿Qué pasaría si lo miras desde la otra perspectiva?

—¿Qué quieres decir?

—Quiero decir desde la perspectiva de Dios.

—¿Insinúas que Dios podría relacionarse con nosotros?

—Más bien, ¿querría hacerlo?

Me quedé pensando un momento.

—Da igual. Creo que la respuesta es la misma. Si existe un Dios, o una Diosa, o lo que sea, y es lo bastante grande como para crear el universo, con todo el tiempo que eso significa, miles de millones de años, y nosotros estamos aquí, metidos en este planeta pequeño en una galaxia común y corriente —a Nick le fascina contarme acerca de estas cuestiones de astronomía—, en cualquier caso, ¿qué necesidad tendría Dios de nosotros?

—Ésa es una muy buena pregunta.

—Me cuesta creer que cualquier Dios pudiera tener necesidad de los seres humanos, y mucho menos que tuviera ganas de comunicarse con ellos. Quiero decir, ¿no tendría cosas más importantes de que ocuparse?

Él rió.

—Eso parece, ¿no?

Dio un mordisco a su tarta de café y se limpió la

boca con la servilleta—. Quizá la respuesta a esa pregunta se encuentre en la naturaleza de Dios.

—¿Qué significa eso?

—Significa, ¿cómo sería Dios? ¿Se limitaría a crearlo todo, para luego desentenderse y observarlo desde cierta distancia? O, si estuviera aun más desconectado, ¿sería Dios una fuerza impersonal, como en *La guerra de las galaxias*? ¿O un ser activo que piensa, elige y siente… y ama… como nosotros?

Tomé lo que quedaba de mi café.

—¿Quién sabe? No es que Dios se prodigue en grandes apariciones ante la gente, que digamos. ¿Quién sabe cómo sería Dios?

—Y bien —dijo él, y tomó un trago largo—, ¿con qué pruebas cuentas? Si hay un Dios, ¿no crees que habría pistas a propósito de cómo es?

—¿Pistas? —La tapa de *El código Da Vinci* de pronto me vino a la memoria—. ¿Qué tipo de pistas?

—Si alguien ha creado todo lo que nos rodea, ¿qué dice el universo acerca de su Creador?

—Pues, que tiene que ser muy viejo —dije, y reí.

—¿Qué? —dijo él, sonriendo conmigo.

—Me estoy imaginando un viejo, cubierto de arrugas y sin poder moverse con mucha facilidad, como los actores que maquillan en las películas para envejecerlos. En fin, no creo que Dios sería así. Si has existido durante miles de millones de años, supongo que no envejeces.

Él sonrió.

—No, supongo que no. —Tomó otro sorbo de café—. De modo que Dios sería muy viejo. ¿Qué más?

—Tendría que ser muy listo. El universo es una cosa muy complicada, sobre todo con las células y el ADN y todo eso.

—De modo que Dios tendría que ser súper inteligente.

—Sí. No estoy segura de que el diseño del universo demuestre la existencia de Dios, pero si hubiera un Dios, sería verdaderamente inteligente. Y poderoso, para crear algo así.

—¿A qué te refieres?

—Si todos estamos aquí gracias al Big Bang, Dios tendría que haberlo calculado todo a la perfección para crear el universo que tenemos. He oído hablar a Nick de lo preciso que es todo el asunto, que si hubiera un ligero desequilibrio de una milésima parte, todo el universo sería diferente, o ni siquiera estaríamos aquí.

Ahora estoy hablando como si defendiera la existencia de Dios. Pero estamos suponiendo que Dios existe…

—De acuerdo —dijo él—. Así que si Dios existe, sería muy viejo, súper inteligente y sumamente poderoso, al menos tan poderoso como el propio universo.

—Si fue él quien echó a andar todo esto, diría que sí.

—Pareciera que dices que los rasgos que tiene la creación reflejan algún rasgo más poderoso de su Creador, ya sea la edad, la inteligencia o el poder.

Decidí pensar en esas palabras un rato. No quería que nadie distorsionara lo que había dicho. Corté un trozo de mi pastel.

¿Podría ser verdad lo que acaba de decir? ¿El universo sería un reflejo de su Creador? Supongo que eso es indiscutible. Todo lo que hacemos es un reflejo nuestro. Como mis diseños. ¿Cómo podría ser de otra manera? Lo que creamos sólo puede nacer de lo que somos.

—De acuerdo —dije—. Es un resumen válido. No

quiero decir que con eso se demuestra la existencia de Dios.

—Entendido —dijo él, y comió un trozo de tarta—. ¿Y qué pasaría si llevamos esto al plano de las personas?

—No sé si te sigo.

—Las personas forman parte del universo. La inteligencia más desarrollada de la Tierra. ¿Qué nos diría la gente acerca de Dios?

—¿Tú qué crees? —pregunté—. Soy la única que ha estado pensando todo este rato.

—De acuerdo —dijo, con una risilla—. Yo también pensaré un poco. Creo que los diversos aspectos de nuestro ser, es decir, nuestra mente, nuestras emociones, nuestra capacidad de elegir y nuestra conciencia, serían un reflejo de Dios. En otras palabras, los rasgos de la humanidad, al igual que el universo, serían un reflejo del Creador. Y la forma más elevada de creación sería la que más se parece a Dios.

—¿Te refieres al ser humano?

—Sí.

—Pero las personas pueden ser horribles unas con otras. No estarás diciendo que eso también es parte de Dios.

—Es una pregunta muy dura, ¿no? —dijo, y volvió a beber un sorbo de café—. Porque el mal existe. ¿El mal es parte de lo que sería Dios, o es que algo se ha echado a perder?

—No lo sé. Si Dios fuera en parte malo, sería una triste noticia. Yo, lo único que sé es que el mundo está loco y que, últimamente, parece estar empeorando, no mejorando. Es un poco aterrador, cuando tienes hijos y no sabes en qué momento estallará la próxima bomba, o algo por el estilo.

—Lo sé —dijo él—. Es aterrador.

Comió un trozo de su tarta de café. Yo comí de mi pastel y tomé un trago de café.

—Has mencionado a tu hija. ¿Sara?

—Sí.

—¿Tienes una foto?

—Claro que sí.

Saqué mi cartera del bolso y le enseñé una foto de Sara. Era una foto muy buena, tomada en el Jardín Botánico. Sara llevaba un vestido azul nuevo y detrás se veían unos tulipanes rojos y amarillos. De cada lado de su cabeza asomaba una coleta, y la verdad es que estaba preciosa.

71

—Es adorable —dijo él.

—Gracias. Lo mismo pensamos nosotros.

No pude evitar una sonrisa mirando la foto una última vez antes de devolverla a mi bolso.

—¿Qué haces con ella cuando trabajas? —inquirió él.

—La llevo a casa de mi prima tres veces a la semana. Ella tiene uno de tres años y otra de catorce meses. Sara se lo pasa muy bien con ellos.

—¿Cómo te encuentras cuando estás lejos de ella?

—Me encuentro bien. Me gusta mucho mi trabajo y no sé qué haría si de vez en cuando no me tomo un descanso como madre. Pero hay días en que tengo sentimientos contradictorios.

—¿Y eso, por qué?

—Es que cuando son pequeños, todos los días hacen cosas que llegan al corazón. Ayer tuve a Sara en casa, y hablábamos de ir a visitar a su abuela, y de cómo Abuela fue mi "Mami". Desde luego, ella todavía no lo entiende del todo, pero se me quedó mirando con esos ojos grandes y redondos y dijo: 'Mami, me gusta que seas mi Mami'. Se me derritió el corazón.

—Ya me lo imagino —dijo él, con una sonrisa abierta.

Bromeando, lo señalé con un dedo acusador.

—Sólo espera y verás. Si algún día tienes una hija, te mirará de esa manera y tú querrás darle cualquier cosa que te pida. Creo que es peor para los padres. Nick le daría a Sara el mundo.

—Dime —pidió él—, ¿qué es lo que más te gusta de ser madre?

Sentí que asomaba en mi cara una enorme sonrisa y experimenté una gran alegría al pensar en ello.

—Todo. Me fascina cuando se me sienta en las rodillas… sentir su pelo suave, respirar sus olores únicos, calentarme con sus piernecitas y su espalda. La propia hija es realmente el ser más bello del mundo. Conozco sus facciones con más detalles que nadie. Ella brotó de mí y se me parece. La toco y la abrazo más que nadie, así que soy capaz de absorber todo lo que hay en ella de una manera especial.

—¿Qué más? —preguntó. En su cara se había ensanchado su sonrisa mientras yo hablaba.

—Me fascina cuando descubre algo, como por ejemplo subir y bajar las escaleras o decir adiós con la mano. Me encanta hablar maravillas de ella a cualquiera. Podría llenar un libro con todo el amor que le tengo, con lo maravillosa que es y con todas las cosas que aprende día a día.

Guardé silencio un momento pensando en los detalles que más amaba en Sara, y en cómo sería capaz de vivirlo todo de nuevo.

—¿Sabes qué otra cosa me gusta? Me gusta el sonido de su voz por encima de los otros niños. Es una sensación maravillosa cuando Sara me encuentra y viene corriendo en medio de una multitud de niños y padres.

Me acordé de esa mañana a la hora del desayuno.

—Aunque no siempre puedo, tengo tantas ganas de darle todo lo que quiere, como los cereales con azúcar o un animal de peluche —aun si ya tiene más de los que puedo contar. Me siento en la gloria al ver lo feliz que se pone, aunque sólo sea un momento fugaz. Y cuando se porta mal —lo cual sucede a menudo— a veces tengo que evitar sonreír porque es tan preciosa para mí. Quizá eso sea lo que más me gusta: amar tanto a alguien, sin importar lo que haga.

Él se inclinó hacia delante, puso los codos sobre la mesa y entrecruzó los dedos.

—Déjame que te haga esta pregunta —dijo—. Si hubiera un Dios que lo ha creado todo, ¿no crees que es posible que él sentiría por ti lo mismo que tú por Sara? ¿Que te querría igual? ¿Qué desearía poner el mundo a tus pies? ¿Qué anhelaría estar tan conectado contigo como tú con tu hija? En otras palabras, ¿es posible que tu amor por Sara sea un reflejo de lo que es el Creador?

Me recliné hacia atrás y pensé un momento.

—No lo sé —contesté, sinceramente—. Nunca he pensado en eso hasta ahora.

—Si a lo largo de la historia —siguió él—, la gente ha intentado tanto comunicarse con Dios, ¿es posible que el deseo haya venido de él? ¿Que Dios haya creado en ellos el deseo de esa relación, porque es él, en realidad, el que la desea? ¿Qué él los diseñó para la intimidad con su ser, y que ellos son incompletos sin ella?

—Quizá. Supongo que es posible.

—Si éste fuera el caso, ¿sería el camino de Nick una respuesta razonable a ese deseo creado por Dios? ¿Sería un disparate o sería un gran acierto que Nick desee entablar una relación con Dios?

Intuí que ya no estábamos hablando de meras hipótesis.

siete

—HABLAS COMO SI de verdad creyeras en Dios. —Si mi voz sonaba tensa, era porque yo misma lo estaba.

—Sí, creo en Dios.

—Pero… si habías dicho que no creías.

—En absoluto. Dije que detestaba la religión.

—¿Y cuál es la diferencia?

—La religión es lo que la gente hace equivocadamente para llegar a Dios, al portarse bien, respetar ciertas reglas, llevar a cabo ciertos rituales, etcétera. Pero sí, claro que creo en Dios.

No era para nada lo que yo esperaba.

—¿Así que también piensas que es posible conocer a Dios personalmente?

—Sí, sé que es posible.

Sentí que me subía la presión arterial. *Todo esto ha sido un montaje. Este tipo oyó lo que dijo el otro en el avión, y quería decirme lo mismo, pero vio que ese método no funcionaba. Así que ha fingido simpatizar conmigo para después llegar al mismo punto. ¡Y yo me lo he tragado todo!*

—Tú no eres mejor que ese tipo del avión… No, ¡eres peor! Aquí estoy yo abriéndote mi corazón a propósito de mi matrimonio y tú lo único que quieres es engatusarme para hablar de Dios. Al menos el otro tipo fue sincero en su manera de abordar el tema.

Tendí la mano para recoger mi café y mi bolso.

—Sólo te estaba ayudando a hacer lo que dijiste que querías, analizar por qué Nick ha escogido este camino. Pero era imposible hacerlo contándote directamente mi propia perspectiva. Estabas demasiado cerrada a esa posibilidad. Pensé que podría ayudarte a darle vueltas al tema y a que sacaras tus propias conclusiones. ¿No es eso lo que intentas hacer?

Bueno, sí. Eso es lo que intento hacer, ¿no?

Crucé los brazos sobre el pecho.

—De acuerdo —dije, frunciendo los labios—. Quizá eso fue lo que dije.

Intenté calmarme durante un rato. *Pero sigue sin gustarme el subterfugio. Tampoco me gusta no saber hacia dónde él va con todo esto.*

Decidí darle a su motivación el beneficio de la duda y seguir hablando. *No falta tanto para mi próximo vuelo, así que no tendré que aguantar mucho más si me canso. Además, a pesar de sus creencias religiosas, es terapeuta. Tal vez pueda ayudarme de verdad. A fin de cuentas, ¿cuántos terapeutas están dispuestos a ofrecer consejos gratis durante un viaje?*

Volví a mi situación concreta, a Nick.

—Pero la búsqueda espiritual de una persona no implica que se convierta en un fanático, o que diga que ha cenado con Jesús. O sea, ¿alguna vez has oído a alguien contar algo así?

—Ha pasado algún tiempo, lo reconozco.

—Seguro que no estás diciendo que piensas que Nick de verdad cenó con Jesús.

—Creo que sólo tú puedes decidir si creerle o no. Yo

sólo intento ayudarte a juzgar si el camino que él ha tomado, de conectar con Dios, es razonable o no.

—Y tú piensas que sí lo es.

—Desde luego. Pero yo no puedo tomar la decisión en tu lugar. Y no soy yo quien tiene que vivir tu matrimonio.

—Eso es verdad. *Y dale gracias.*

Tomé otro sorbo de mi café.

—Hace un momento dijiste algo —dije—. Dijiste que si Dios diseñó al ser humano para tener una relación íntima con él, entonces somos seres incompletos sin él. ¿No piensas que para algunas personas Dios no es más que una muleta más para aguantar esta vida?

—Supongo que eso depende de para qué fuiste creada —contestó—. Si fuiste creada para una vida sin relación con Dios, entonces es una muleta. Si, al contrario, la razón misma de tu creación es una relación íntima con Dios, entonces no es una muleta, sino la realización de aquello para lo que fuiste creada.

—Pero con eso insinúas que las personas sólo pueden realizarse a través de una relación íntima con Dios.

—Sí.

—Sin embargo, eso no es verdad.

—¿Piensas que la gente se siente realmente satisfecha con otras cosas?

—Claro que sí. Hay mucha gente que se siente realizada sin tener a Dios en sus vidas.

—¿Y tú?

—Pues, no. Pero yo no soy los demás.

—Pienso que te pareces a los otros más de lo que crees.

—En general, me siento realizada en mi profesión.

—Y como madre —agregó él.

—Claro que sí, como madre.

—Pero no como esposa.

Respondí haciendo un amago de poner los ojos en blanco.

—No, eso no se cotiza demasiado bien en mi escala de la realización personal.

—¿Por qué crees que no?

—No lo sé. Supongo que tenía una fantasía de lo que sería mi vida de casada, comenzando por la boda. ¿No les pasa eso a todas las mujeres? Pues, ni siquiera conseguimos que la ceremonia llegara a su fin sin que esa fantasía se estropeara. Yo debí haber sabido que las cosas iban a salir mal cuando el pastor, en lugar de decir que los anillos representaban un círculo de amor infinito, dijo que representaban un "circo" de amor infinito. Era su segunda boda, y era disléxico, nos dijeron después. Ni siquiera sé por qué nos casamos en una iglesia. En fin, por lo visto, el pastor tenía razón.

—Muchas personas comienzan con mal pie.

—Sí, pues, nosotros nunca anduvimos con el pie correcto. Al menos eso era lo que yo sentía. No era así antes de que nos casáramos. Todo funcionaba a la perfección. Pero las cosas siempre funcionan perfectamente para mí al comienzo de una relación. Después es cuando me aburro. Salvo con Nick, que no me aburría. Seguía interesada en él.

Al parecer, había llegado un vuelo grande, quizá dos, porque de pronto se había formado una fila delante del mostrador que llegaba hasta nuestra mesa. Los dos movimos nuestras sillas para darle espacio a la gente que esperaba en fila.

Mi compañero de viaje siguió la conversación donde la había dejado.

—¿Por qué seguías interesada en Nick?

—Creo que era porque su mundo no giraba en torno a mí. Nick estaba muy centrado en su carrera, y eso me gustaba.

—Parece que ya no te gusta tanto.

—Ésa es la verdad. Supongo que conseguí exactamente lo que quería… alguien que tuviera su propia vida, que no fuera demasiado enmadrado conmigo. Ahora no me basta.

—¿Qué es lo que deseas del matrimonio?

—Supongo que deseo tener una relación íntima que sea tan satisfactoria como nuestra pasión inicial. Sé que no se puede sostener ese nivel de pasión para siempre… nadie puede. Sin embargo, yo creía que eso sería reemplazado por una cercanía emocional que sería igual de grata, en cierto sentido. Pero no ha sido así.

Acabé mi café y seguí.

—¿Alguna vez has sentido eso? ¿Una cercanía emocional grata?

—Sí, siempre me siento así.

—¿Sí? ¿Cómo?

—Bueno —dijo él, sonriendo—, es una historia larga.

Miré mi reloj. *Si tenemos tiempo, en realidad me gustaría saber su secreto.*

—En tu opinión, ¿qué te impide sentir eso en tu matrimonio?

Me quedé pensando en su pregunta.

—Creo que siento que Nick no me conoce a fondo. Él cree que me conoce, pero en realidad no sabe qué me hace vibrar, cuáles son mis verdaderos sueños… no sé. Durante mucho tiempo, su trabajo lo ha mantenido alejado. Y ahora, supongo, pasará lo mismo con este cuento de Jesús.

Me enderecé en la silla.

—No tengo ninguna intención de seguir casada con alguien que se mete en la cama conmigo y se pone a mirar a un tipo en la tele que se dedica a tocar a la gente en la cabeza, la gente se cae al suelo y ya está sanada. O sea, ¿quién lo soportaría?

—¿Eso es lo que mira Nick? —preguntó él, reprimiendo la risa.

—Bueno, no. Todavía no. O quizá se pone a mirar cuando yo me meto en el baño.

Él rió con más ganas. Yo también me puse a reír, pensando en Nick mirando esos programas mientras yo me cepillaba los dientes, como si fuera el canal Playboy o algo por el estilo.

—¿Y qué pasaría si tu matrimonio fuera una mayor fuente de realización? —preguntó—. ¿Eso te parecería satisfactorio?

—Ayudaría.

—¿Te sentirías realizada hasta en lo más profundo?

—No lo sé. Cuesta imaginárselo con Nick.

—¿Te habría importado si hubiera sido con otra persona?

—Bueno… quizá.

—¿Como quién?

—Como… —Sólo había una persona que me venía a la cabeza cuando pensaba en eso, y esta vez no fue una excepción—. Un chico con que salí durante un año en la escuela superior. Jason Payne. Estaba loca por él. Y desde entonces me pregunto a veces qué habría pasado si hubiéramos seguido juntos.

A pesar de que la fila ya se había reducido al espacio junto al mostrador, bajé un poco la voz.

—De hecho, me acuerdo de él a menudo. Suena horrible, ya lo sé.

—Sólo me parece escuchar a alguien que no se siente realizada. ¿Y qué pasó con esa relación?

—Él iba un curso por delante y quería seguir sus estudios en la Universidad de Stanford. A mí me entró el miedo. Miedo de que él conociera a alguien allá y que lo nuestro no durara, porque yo me iba a quedar a estudiar en el medio oeste. No quería exponerme a ese rechazo, y él hizo un par de cosas que me molestaron, así que, antes de que se marchara, rompí con él. Es lo más estúpido que he hecho.

—¿Crees que podrías haber sido más feliz con él?

—Bueno… —No me agradaba escuchar la verdad—. Sí, eso creo. No quiero decir que no amo a Nick. O, en cualquier caso, que no lo amaba.

Él se inclinó hacia delante.

—¿Sabes? No te habrías sentido más realizada con Jason.

—¿Y tú cómo lo sabes? *¡Qué afirmación más atrevida!*

—Porque conozco a Jason.

—¿Lo conoces? ¿A Jason Payne? ¿De Evanston? ¿Cómo lo conoces? —Intenté que no se notara demasiado mi emoción.

—Nos conocimos cuando él se mudó a Silicon Valley. Todavía vive ahí.

—¿A qué se dedica? ¿Está casado? —Esa última pregunta sonó bastante patética.

—Estuvo casado. Dos veces.

—¿Dos veces? ¿Ya se ha casado dos veces?

—Sí.

—¿Qué pasó?

—Las dos mujeres lo dejaron.

—¿Ellas lo dejaron a *él*? ¿Por qué alguien haría una cosa así?

—Digamos que Jason tenía sus propios problemas. Con los que, felizmente, le está yendo mucho mejor.

—¿Lo conociste en un plano profesional? Quiero decir, ¿en tu consulta?

—No precisamente. Es una relación más bien personal.

Me recliné hacia atrás y me quedé mirando al vacío. No podía creerlo. Después de haber alimentado esa fantasía todos estos años: ¿Qué habría pasado si no hubiera terminado con Jason? Y ahora, en menos de dos minutos, la fantasía quedaba hecha añicos.

—Y no —agregó él—, si tú hubieras estado con él no le habría servido de nada. Necesitaba algo más que una esposa que lo amara.

Detesto cómo los terapeutas a veces adivinan justo lo que una está pensando.

—Y casarte con Jason —prosiguió—, aun si él se hubiera enfrentado a algunos de sus problemas, a la larga tampoco te habría satisfecho.

—¿Y por qué no? *Hacer añicos mis fantasías ya es un golpe bajo. No tienes para qué machacarlas.*

—Porque las almas de las personas nunca se sienten satisfechas con las relaciones humanas. Existe la emoción inicial del romance, y el subidón químico que la acompaña, y todo eso es perfecto. Pero acaba por desgastarse. Con el tiempo, la gente se instala en una relación y se da cuenta de que no puede satisfacer sus anhelos más profundos. En realidad, no es ése el objetivo de las relaciones, de modo que no debería sorprendernos que no lo consigan.

—No estarás diciendo que las relaciones no son importantes.

—No, en absoluto. Sólo digo que la verdadera realización no puede encontrarse en el reino de lo creado. Sólo Dios puede satisfacer el anhelo del ser humano. Fuimos creados para Dios. Ninguna otra cosa puede darnos esa satisfacción.

—Sin embargo, yo no creo eso. Yo veo gente contenta por todas partes.

—¿Pero cuánto los conoces, de verdad? Puede que todos sean como tú. Hay aspectos importantes de la vida para ellos, pero en el fondo no se sienten realizados. No cuesta tanto poner cara de contento cuando uno está con otras personas.

—Sin embargo, creo que hay mucha gente que se siente realizada… en su trabajo, en sus relaciones, en causas a las que se dedican. En muchas cosas.

Él me miró un momento.

—¿De veras crees eso? Yo no estoy tan seguro. Mira la sociedad en la que vives. La lista de las cosas con las que la gente procura satisfacer sus anhelos es infinita: el alcohol, las drogas, la comida, el trabajo, la tele, los videojuegos, los deportes, el sexo, las compras… Podría seguir. Pero no hay nada en este planeta que haga sentirse realizada al alma humana.

—Pero no todos son adictos ni tienen conductas compulsivas —objeté.

—No, algunos no lo son. Buscan la realización en tener hijos, en un trabajo equilibrado, en el ejercicio físico, las relaciones saludables y el servicio social. Hay muchas cosas positivas a las que se pueden dedicar. Pero eso no les llena el corazón. Cuando las personas llegan al final de sus vidas, incluso las que han tenido una vida profesional exitosa o buenas experiencias como padres o en su matrimonio, en el fondo no están satisfechas.

—¿Cómo lo sabes?

—Bueno, para empezar, muchos me lo dicen. No se lo dicen a nadie más, pero cuando nadie escucha, me lo cuentan.

—¿Por qué? ¿Porque eres terapeuta?

—Supongo que está de alguna manera relacionado.

—¿Y qué dicen?

—Que lo que han vivido no ha sido suficiente.

Puede que haya sido una buena vida, pero en el fondo, sus corazones están todavía vacíos, en cierto sentido.

—¿Y tú crees que eso es porque…?

—Porque ¿cómo puede tu corazón ser llenado por alguien, o por algo, tan finito e imperfecto como tú? Si las personas fueron creadas para tener una relación íntima con su Creador, ¿crees que podrían sentirse satisfechas estando lejos de él?

Se limpió la boca con la servilleta y la dejó en el plato.

—Quizá Nick ha llegado a la conclusión de que por muy importantes que sean tú y Sara para él —y no me cabe duda de que lo son—, su corazón ha sido creado para algo más, para algo trascendente, y que no se sentirá realizado si no lo tiene. —Y luego agregó—: Tú también estás buscando algo más profundo. Aunque todavía no lo sepas.

—Sólo espero que las cosas vayan un poco mejor.

—Ése es el problema. En general, las cosas no suelen ir mejor. Circunstancialmente hablando, la vida es lo que es. La gente espera que las cosas mejoren, pero eso rara vez sucede. El mañana vendrá con sus propias frustraciones, tensiones y desilusiones. O puede que las cosas empeoren. Podrías fracasar en tu profesión. O podrías perder a tu familia. O a tus amigos. O la salud.

—Claro —respondí—, todo eso podría suceder. Pero yo no puedo planificar mi vida a partir de esa posibilidad.

—¿Posibilidad? —dijo, frunciendo el ceño—. La mayoría de esas cosas sucederán. A todos. Hay sólo una cosa que no te pueden quitar. Cuando encuentras tu realización, nunca podrás perderla.

De pronto se incorporó y acercó la silla a la mesa.

—Será mejor que vayamos.

—¿Por qué?

—Nuestro vuelo está embarcando.

—¿Nuestro?

—Tú vuelas a Tucson, ¿no?

ocho

—PERO SI EL vuelo no embarca hasta dentro de veinte minutos —objeté, mirando mi reloj.

—Está embarcando ahora. Confía en mí.

—¿Cómo lo sabes?

—Simplemente lo sé. ¿Puedo llevarte la maleta?

Me incorporé y puse mi bolso sobre la maleta.

—No, ya la tengo.

Caminamos hasta la puerta y, tal como había dicho, la mitad del avión ya había embarcado. Saqué mi tarjeta de embarque y le eché un vistazo. *Un asiento F. Junto a la ventana. Al menos no estoy en el medio.*

El avión no parecía estar tan lleno como el primero. Al dirigirme a mi lugar, vi que casi todos los asientos del medio estaban vacíos. Me detuve. El terapeuta se detuvo detrás de mí mientras metía la maleta en el compartimento superior. Me deslicé por dos asientos vacíos hasta llegar al mío y me giré para despedirme.

—Bueno, me has dado cosas en que pensar —dije—. Ha sido una conversación muy interesante, de verdad. ¿En qué fila te ha tocado?

—En ésta —dijo él—, y ocupó el asiento del pasillo en mi fila.

—¿En ésta? —Le arranqué la tarjeta de embarque de las manos y la miré. *Mi fila, asiento D.*

—Perdón —dije, y se la devolví—. Es que me sorprendió que volviéramos a estar en la misma fila.

Él recogió su tarjeta y se la metió en el bolsillo de la camisa.

—¿No te parece una extraña coincidencia? —pregunté—, ¿que nos haya tocado juntos en dos vuelos seguidos?

—No, en realidad, no.

Dejé mi bolso en el asiento del medio. No daba la impresión de que alguien fuera a ocuparlo. Y me brindaba una especie de protección en caso de que la conversación tomara un cariz que yo no deseara. Un cariz que ya había tomado, en realidad, ya que ahí estábamos, hablando de la realización en la vida y de Dios y de todo lo demás. Sin embargo, por algún motivo, este hombre despertaba en mí más interés que indiferencia.

Me picaba la curiosidad por saber qué había querido decir justo antes de que saliéramos de Starbucks. Pero resultaba extraño embarcarnos juntos en otro vuelo, dos desconocidos sentados nuevamente lado a lado. Y hablando sobre el sentido de la vida. Pensé que quizá era el momento de recoger un poco de hilo y al menos presentarme formalmente.

—Todavía no me he presentado —dije—. Me llamo Mattie.

Le tendí la mano derecha. Él también dobló su brazo con cierta incomodidad sobre el apoyo y me la estrechó.

—Hola, Mattie. Yo me llamo Emanuel.

—Es un placer conocerte, finalmente.

—Lo mismo digo —respondió él, y sonrió.

—¿Por qué viajas a Tucson?

—Negocios.

—¿Qué tipo de negocios?

—Mi padre y yo nos dedicamos a la gestión, por así decir.

—¿Qué tipo de gestión?

—De casi todo.

Por lo visto, no es muy entusiasta con los detalles.

—Pensé que eras terapeuta.

—Lo soy.

—¿Te dedicas a ello como actividad aparte?

—No, forma parte de la misma gestión.

No podía imaginar a qué tipo de gestión se refería, pero no le di mayor importancia.

Rugieron los motores. Miré por la ventana cuando ya rodábamos por la pista y el avión empezaba a despegar. Cuando estuvimos nuevamente por encima de las nubes, volví a mirar a Emanuel. Supuse que reanudaríamos la conversación ahí donde la habíamos dejado, pero él se puso a escribir en una libreta. *¿De dónde la habrá sacado? Yo no he visto que la llevara consigo.*

Lo observé un rato, pero él no levantó la vista. Abrí mi bolso y saqué el libro recién comprado. Su comienzo era ligero y cautivador, como todas las novelas de Sparks.

En ese momento, las azafatas se acercaron a nuestro sitio con bebidas. Tomé otro jugo de manzana y arándano, que Emanuel me pasó. Él pidió agua. Y a los dos nos dieron un paquete de las ubicuas galletas saladas.

Yo abrí el mío —*allá vamos de nuevo, consumiendo calorías inútiles que ni siquiera disfruto*—, y él dejó los suyos junto a mi bolso en el asiento del medio.

Volvió a escribir. Yo abrí el libro y continué leyendo. Al cabo de un minuto, dejé el libro sobre mi bolso y me incliné ligeramente hacia él.

—¿Qué escribes?

—Oh, unas palabras favoritas mías.

—¿Como cuáles?

—Poesía, por lo general.

—¿Poesía? —pregunté, con una leve risa—. No me habías dicho que eras poeta.

—En realidad, lo escribió otra persona.

—¿Qué te propones, impresionarme? —dije, medio en broma.

—Creo que eso ya lo he hecho. —No había ni asomo de arrogancia en su voz y, para ser sincera, sí estaba impresionada. Nunca había conocido a alguien como él.

—¿Me dejas ver?

Me pasó la libreta.

—Es verso libre.

Empecé a leer.

> Te he dado mi amor sin límites.
>
> Y aunque los montes se moverán
>
> Y temblarán los collados
>
> No se apartará de ti mi misericordia.

> ¿Cómo podría abandonarte?
>
> Mi corazón se conmueve dentro de mí.
>
> Gozaré sobre ti con alegría,
>
> Te callaré con mi amor,
>
> Regocijaré sobre ti con cánticos.

—Qué bonito —dije—. Quiero decir, me encanta la intensidad del sentimiento. ¿Quién lo escribió?

—Lo escribió mi padre.

—¿En serio? ¿Y se basa en alguna historia? ¿En qué se inspira?

—En una relación que tenía. Y que estaba desesperado por recuperar.

Le devolví la libreta. Él la dejó en el asiento del medio y abrió su bolsa de galletas saladas.

—Dios desea amarte con un amor como éste —dijo—. Un amor apasionado.

—¿Apasionado? —Era la última palabra con que habría definido a Dios.

—Dios te busca. Quiere que estés vinculado con él para siempre.

Tomé un sorbo de mi jugo.

—Pero yo no me siento amada por Dios. Y mucho menos buscada por él.

—Eso es porque te has vuelto insensible ante su voz. Al principio, a todos les pasa lo mismo. La humanidad rechazó a Dios y ha sido sorda a su palabra desde entonces.

—Pero eso es demasiado fácil. Decir que todos somos sordos a Dios… Para mí, eso sólo significa que Dios no existe. O sea, si yo te pido "Demuéstrame la existencia de Dios", y tú dices: "Te has vuelto sorda a él. Si no fueras sorda, lo oirías", eso es demasiado conveniente. Es como tomar los hechos y luego inventarse una historia donde encajen.

—Bueno, la gente no es totalmente sorda a Dios.

Oyen su voz de diversas maneras, aunque no con la misma claridad como si estuvieran conectados con él. Es como la diferencia entre escucharte a ti y escuchar al capitán por la megafonía hace unos minutos, cuando se dirigió a nosotros para decir algo acerca del vuelo, y no se le escuchaba bien. ¿Has conseguido entender lo que decía?

—No.

—Así es la gente con Dios. Lo escuchan, pero no consiguen entender la mayoría de las cosas que dice. Cuando nació Sara y tú la tenías en los brazos y la miraste por primera vez, y no podías creer que amaras tanto a alguien, era Dios el que hablaba.

—Es exactamente como me sentía… No podía creer cuánto amaba a esa pequeña criatura.

—Cuando te paras en la costa de California y miras hacia el Océano Pacífico, te sientes muy pequeño. Sabes que tiene que haber algo más grande que tú en el mundo.

—He vivido momentos así.

—Ése es Dios que habla. Cuando dejas de amar a Nick y, al contrario, estás enojada y amargada y respondes a los ataques, tu sentimiento de culpa es Dios hablando a través de tu conciencia. Sabes que no estabas destinada a vivir de esa manera. Es menos de lo que esperabas de la vida, ¿no?

Me removí en mi asiento y miré por la ventana por un momento. Sentía cierta atracción por lo que decía y, a la vez, cierto rechazo. Me giré hacia él.

—Sí, quizá. Pero es casi imposible no tener resentimiento.

—Ya lo sé. Yo sólo me refiero en este caso a Dios hablándole a tu corazón. Todas estas cosas tocan algo profundo en ti porque has sido creada para la intimidad con Dios. Él es aquello más grande, el que te ama más de lo que podrías imaginar, el que perdona en lugar de mostrarse rencoroso. Lo que tu corazón anhela es conectar profundamente con él. No hay otro ser más encantador que él.

¿Encantador? ¿Dios? ¿Encantador? Yo lo habría situado más bien en el lado aburrido del espectro.

Él siguió como si me leyera el pensamiento.

—Dios es el ser menos aburrido, más fascinante y sublime que existe. ¿Cómo podría ser de otra manera?

Regocijarse en Dios significa sencillamente que en él experimentas tu alegría y tu placer más grande, porque es quien es.

—¿Experimentar placer en Dios? ¿Estás bromeando?

—No, en absoluto.

—¿Cómo podría alguien encontrar placer en Dios? Digamos que puedo entender que alguien crea en Dios, pero...

—Ésa es la afirmación de alguien que está desconectado de Dios. No te das cuenta del sinsentido de lo que acabas de decir.

—¿Qué insinúas con eso? —contesté, más bien a la defensiva.

Él bebió un trago de agua y se quedó un momento pensativo.

—Ya conoces esa pregunta que suele hacerse, ¿si pudieras cenar con un personaje de la historia, a quién elegirías?

—Sí, me parece que la conozco.

—¿Qué pasaría si pudieras cenar con el que horadó el Gran Cañón, levantó las Montañas Rocosas, codificó el ADN, inventó la fusión nuclear, creó el lenguaje, o las estrellas, el que dicta justicia, el que modela a cada recién nacido y ama sin límites?

—Pero Dios no baja a cenar con las personas.

—Puede ser que no —dijo él, y sonrió—. Pero lo que te digo es que Dios supera de lejos a cualquier persona o experiencia que este mundo pudiera ofrecer. Dios es infinitamente más encantador que todo lo que ha hecho, o que todos los seres que ha creado.

—Pero Dios… quiero decir, aunque Dios exista… buscarlo… ¿quién sabría por dónde empezar?

—No tienes que empezar —dijo él—. Dios ya ha empezado. Ya ha empezado a buscarte. Por eso se convirtió en ser humano.

—Sabes, si de verdad pudiera cenar con Jesús, como supuestamente hizo Nick, quizá yo también podría creer.

—La fe es mucho más fácil de lo que te imaginas. Y no es necesario que se te aparezca Jesús. Tienes que soltar todo aquello que te impide confiar para concctar con él.

—¿Y eso qué es?

—Dímelo tú a mí.

Volví a desviar la mirada y me acerqué a la ventanilla. Me embargó una ola de rabia tan intensa que me sentí a punto de explotar. Me giré en su dirección y le hablé sin ambages, intentando hacerlo en voz baja para que nadie más oyera.

—De acuerdo, te diré lo que me impediría confiar en Dios, o incluso conectar con él. Mi hermana pequeña sufrió los abusos sexuales de mi tío durante seis años, desde que ella tenía ocho. Yo ni siquiera me enteré durante varios años. —Hice una pausa para mantenerme serena—. Le destrozaron la vida. Y yo no pude evitarlo. Lo intenté, pero no pude evitarlo.

Lo miré fijo a los ojos.

—No podría confiar en un Dios que dejara que eso le ocurriera a ella.

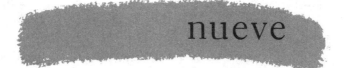

nueve

—LO QUE TÚ y tu hermana han sufrido es horrible —dijo él, lenta y suavemente—. Dios lo aborrece, tanto como tú. ¿Pero qué parte de la maldad en el mundo desearías que eliminara?

—¡Toda la maldad! —Sentí que las lágrimas me quemaban los ojos—. ¡Toda la maldad! ¿No puede hacerlo?

—Sí, podría.

—¿Y entonces por qué no la elimina? —Las lágrimas rodaron por mis mejillas. *Genial. Ahora me pongo a lloriquear*—. Mira a mi hermana. Mira las secuelas que dejó en ella. Comienza a acostarse con chicos a los catorce años. Se queda embarazada. Abandona los estudios. Nunca se atreve a confiar en los hombres. Ha tenido dos matrimonios fracasados con unos imbéciles. Es incapaz de conservar un empleo, no deja de beber en exceso y sigue buscando un no-sé-qué en los hombres que se lleva a casa. ¿Me estás diciendo que ése es el plan que le reservaba Dios?

Busqué un pañuelo de papel, me sequé los ojos, y luego lo miré. Vi algo totalmente inesperado, y es que a él también se le saltaban las lágrimas.

—No —dijo, con voz suave—. Ése no es el plan de Dios para ella. Y me rompe el corazón que haya tenido que vivir todo eso. También le rompe el corazón al Padre.

Cuando vi sus lágrimas, las mías volvieron a aflorar.

—Entonces, ¿por qué no lo impidió?

—Mattie, nada de lo que podría decirte tendría sentido; no existe razón que aliviaría tu dolor. Pero te puedo decir una cosa, y es que Dios trabaja para devolver al ser humano su fin original. Con eso me refiero a estar conectado con él y entablar con él una relación de amor por voluntad propia. Un día el mal será derrotado, y todo lo que quede será bueno.

—¿Pero qué pasará con la gente que perpetra tantas atrocidades en este mundo?

—Se rendirá cuentas de todo. Las víctimas serán vengadas, los criminales serán castigados, el mal erradicado y el bien recompensado. La parte más dura es vivir en este periodo de todavía-no, sabiendo lo espantosas que a veces son las cosas y lo bien que deberían estar.

—No entiendo por qué tenemos que esperar.

—Cuando la humanidad le dio la espalda a Dios, se sumió en un mundo de una enorme maldad. A través de su amor, Dios procura que las personas sean lo que él deseaba que fueran. Pero no los obliga. Es la única manera de que el amor dé sus frutos. Eliges recibir amor, así como eliges dar amor. Si no eliges en toda libertad, no es amor.

—¿De eso se trata? —inquirí, y me volví a secar los ojos—. ¿Nos hemos resignado a vivir con todo esto?

—Recuperar lo que perdió la humanidad es un proceso lento, de persona en otra. El corazón humano, cuando se aleja de Dios, no vuelve fácilmente a su fuente de vida y bondad. Se podría pensar que sí, pero no.

—Es que no parece justo. Mi hermana no pidió que abusaran de ella.

—No, no lo pidió. No era justo. Fue horrible. Sólo Dios sabe lo horrible que fue.

—Lo dudo. De verdad lo dudo. ¿Cómo puede saberlo él, sentado allá arriba, o donde sea, con sólo mirar?

En el rostro de Emanuel asomó una expresión de auténtico dolor.

—¿Eso piensas que hace Dios? ¿Distanciarse del dolor de las personas?

—Así parece.

—El rechazo de la humanidad fue una experiencia sumamente dolorosa para Dios. Tuvo que ver cómo sus propios hijos se hundían en la oscuridad. ¿Te puedes imaginar cómo sería ver que la vida de Sara se va al traste, debido a las drogas o a otra cosa?

La imagen me hizo estremecerme.

—De acuerdo —dije—. Digamos que para Dios fue doloroso observarnos. Pero tampoco ha hecho gran cosa para remediarlo.

—Te equivocas —dijo él, sacudiendo la cabeza—.

Hizo todo lo que podía. Ese tipo que viajaba en el primer avión, el que te hablaba de Dios… ¿te acuerdas?

—¿Cómo olvidarlo?

—Él no te conocía, de modo que su acercamiento no fue de lo más discreto…

—De eso no cabe duda.

—Pero tenía razón en algunas cosas. Tenía razón acerca del sufrimiento increíble que Dios padeció a manos de la humanidad mientras intentaba rescatarlos a la fe. ¿Viste *La pasión de Cristo*?

—Una experiencia que lamento.

—La violencia que Dios sufrió sólo tiene sentido si entiendes que Dios cargó con los castigos por los pecados de la humanidad. Haría cualquier cosa para volver a conectarse con los que ama… incluso hasta moriría por ellos.

—Pero aun si Jesús era Dios que moría por la humanidad, ¿de qué le sirvió? Todo sigue igual de estropeado en este planeta. O sea, han pasado dos mil años.

—Lo que Jesús hizo fue mostrar un camino para volver a Dios. Nos dio el perdón, como una cuenta nueva, y dio la oportunidad al ser humano de relacionarse con Dios.

—¿Y entonces, qué hacemos? O sea, cuando alguien se comunica con Dios, ¿qué hace? ¿Se sienta y dice: "Oye, ahora estoy conectado con Dios"?

—No, nada de eso —dijo él, riendo—. Una vez que encuentras la unidad con Dios, haces lo mismo que en cualquier relación. Lo conoces más a fondo, aprendes a disfrutar de su compañía, dialogas con él.

—¿Quieres decir que rezas?

—Sí, aunque, quizá para ti, esa palabra no lo describa adecuadamente.

—Pero cualquiera puede rezarle a Dios.

—Sí, pero no todos pueden escuchar sus respuestas. Eso es una verdadera relación. Significa comulgar profundamente con otra persona. Una vez que has establecido una conexión con Dios, él te enseñará.

—¿Me enseñará qué?

—A escuchar.

—¿Crees que Nick está haciendo eso? —pregunté—. ¿Aprendiendo a escuchar?

—Es parte de lo que hace… una parte decisiva.

—¿Pero qué significa eso, en la realidad? Quiero decir, aparte de leer la Biblia, porque a eso se dedica Nick últimamente. Cualquiera puede dedicarse a eso.

—Sí, pero no todos pueden oír a Dios hablándoles a través de ella, como le sucede a Nick ahora.

Su afirmación me desconcertó.

—¿Y por qué Nick? ¿Qué hace de Nick una persona tan especial? *Es mi marido, y tiene talento, pero a mí no me parece tan extraordinario.*

—Lo que hace de Nick una persona especial es que ya no es el que solía ser. Dios le ha dado un espíritu nuevo.

—Y... ¿cuál sería la diferencia entre eso y simplemente convertirse en una persona religiosa? Es lo mismo.

Un bebé lloraba unas cuantas hileras detrás de nosotros. Me voltié en esa dirección. Con lo envuelta que había estado en la conversación, puede que el bebé haya estado llorando hace un rato. Hace tres años el ruido me hubiera vuelto loca, pero mi propia pequeña de dos años me había recompensado con mucha más paciencia de la que tenía antes. La madre se puso de pie y caminó con su bebé hacia la parte trasera del avión. Nuevamente me voltié hacia Emanuel.

—No, no es lo mismo —él continuó—. Ser religioso es básicamente una actitud hacia las cosas exteriores. Haz esto. No hagas lo otro. Ve allí. Evita ir allá. En este caso, se trata de alguien que se renueva desde adentro hacia fuera. Cuando pones tu fe en Jesús, Dios te da un espíritu nuevo, un espíritu limpio.

—¿Quieres decir, como una nueva actitud?

—No, quiero decir un espíritu humano totalmente nuevo. El anterior estaba muerto para Dios. No lograba comunicarse con él. Necesitas uno nuevo, un espíritu que esté vivo para Dios. Luego él viene a vivir en ti, y se comunica contigo en el plano más profundo posible… un plano donde puedes escucharlo.

—¿Y dices que esto es lo que Nick está viviendo ahora?

—Sí.

—¿Cómo se manifiesta, concretamente? Quiero decir, Nick no escucha a Dios *decirle* cosas, ¿no?

—Desde luego que no. No le es necesario. El espíritu de Dios se puede comunicar directamente con

Nick. Eso sucede la mayoría de las veces a través de la palabra escrita de Dios.

—¿La Biblia?

—Sí.

—¿Y qué pasa si alguien establece esta conexión con Dios? ¿Qué les puede decir Dios?

—Cosas como las que yo escribía hace un rato, por ejemplo.

—¿La poesía? Creí que habías dicho que era tu padre el que escribió eso.

—Dios es mi padre.

Eso sonó un poco raro, pero lo dejé pasar.

—¿Esos versos eran de la Biblia? —pregunté.

—Sí.

—Pero yo siempre he pensado que la Biblia es como un libro de reglas… cómo ser una buena persona… ya sabes.

—Entonces no has captado bien su mensaje.

Buscó su bolígrafo y escribió unas líneas en su libreta mientras yo observaba. Me la entregó.

—¿Parece esto un libro de reglas?

Leí lo que había escrito.

Por eso voy a seducirte;

Te llevaré al desierto

Y le hablaré a tu corazón.

En las palmas de las manos te tengo esculpida.

Y como el gozo del esposo con la esposa,

Así gozaré yo contigo.

Por eso mis entrañas se conmueven por ti.

Un día me llamarás "mi marido".

Y te desposaré conmigo para siempre;

Te desposaré conmigo en la benignidad.

Un solo espíritu soy contigo.

Te alimento. Te adoro.

Me entrego por ti.

Rindo mi vida por ti.

Me lo quedé mirando.

—¿La Biblia dice estas cosas?

—Sí. Dios quiere decírtelas. Quiere decírtelas cuando lees sus palabras. Quiere susurrártelas al oído mientras pasan las horas de tu jornada. Cuando te detienes en un momento de calma, y escuchas, él quiere decir estas cosas, y muchas otras, a tu corazón. Así vivió Jesús en la tierra. Escuchando la voz de su padre.

—¿Y con eso pretendes decir que el cristianismo es quedarse sentado escuchando tranquilamente?

—No, en absoluto. La vida de los cristianos está hecha de muchas cosas. Amar a Dios y amar a los demás, cuando lo reduces a una verdad. Pero nadie puede hacer eso adecuadamente. Sólo Dios puede. Por eso se une a los seres humanos, para vivir su vida sobrenatural en ellos. Una vida de amor es sencillamente el flujo de Dios hacia una persona.

—¿Y eso se logra escuchando?

—En gran parte. Tu corazón cambia al conocer profundamente el corazón de Dios con respecto a ti. Escuchar que eres amada. Que eres perdonada. Que eres aceptada y que disfruta contigo, y que tienes un lugar especial en la familia de Dios. ¿Qué pasaría si vivieras en un lugar donde constantemente recibieras esos mensajes?

—Sería un lugar agradable.

—Y está a tu alcance, ahora. Es un lugar que encuentras en Jesús, teniendo fe en él.

Pensé en los mensajes que había consumido… sobre

cómo ser la mamá perfecta, la esposa perfecta, la profesional triunfadora, la mujer que podía medirse con las modelos, que eran siempre más jóvenes, más guapas y más delgadas. ¿Quién podía lidiar con todo eso?

—Lo que Dios pretende decirte —siguió él—, es algo que necesitas oírle decir todos los días, así como Sara necesita escucharte a ti y saber todos los días de su vida que tú la amas.

Pensé en Sara y luego, por alguna razón, mi hermana volvió de pronto a mi pensamiento.

—¿Y qué pasa con Julie? —pregunté, con gesto sombrío—. Ella no ha conocido gran cosa del amor de Dios.

—Eso no significa que Dios no la haya amado. Te puedo decir una cosa. En medio de todo su dolor, tu hermana decidirá volver a comunicarse con Dios. Conocerá profundamente este amor. Y llegará un día en que Dios enjugará personalmente cada una de las lágrimas de sus ojos. Ella nunca volverá a sentir ese dolor. Y lo que ha sufrido, en ese momento, le parecerá un dolor ínfimo, porque tendrá a Dios.

—Pero ahora tiene que vivir cosas muy duras. Y yo sufro mucho por ella.

—¿Sabes una cosa? Ella sufre por ti, por los problemas que tú estás viviendo. No se trata de saber si hemos sufrido. Todos han padecido el dolor, incluso aquellos que parecen personas muy enteras. Dios es más grande que el dolor del ser humano, y lo puede sanar. El amor de Dios lo sana todo.

Me eché hacia atrás en el asiento, un poco aturdida.

—No era ésta la idea que yo tenía del cristianismo.

—Es lo que fuiste diseñada para ser, es decir, estar unida a Dios, conocer su amor, relacionarte íntimamente con él.

Desde luego, yo no quería comprometerme con nada, pero no podía dejar de formular la pregunta lógica.

—¿Y qué hago yo ahora con todo esto?

—Tienes que responder a la siguiente pregunta: ¿Quieres unirte a un amor perfecto?

diez

UNA AZAFATA ANUNCIÓ por los parlantes que comenzábamos el descenso a Tucson. Emanuel plegó su bandeja. Observé que no había reclinado el asiento.

Durante un rato, me sumí en mis cavilaciones.

No puedo creer las cosas en que estoy pensando. Resulta que me he subido al avión, queriendo escapar de Dios y dispuesta a divorciarme de Nick... Y, ahora... Sin embargo, ¿tengo que seguir este camino para...?

Esperé a que Emanuel se volviera hacia mí antes de hablar.

—¿Insinúas que tengo que seguir el mismo camino que Nick para salvar mi matrimonio?

—No.

—Pero así pareciera. Quiero decir, ahí está Nick, que ha tomado una dirección, y yo lo único que siento es que se sigue alejando de mí.

—Eso depende de qué estás hablando —dijo él—. Nick se está alejando del intento de encontrar la realización en la vida apartado de Dios. De modo que si ése tiene que ser el territorio que comparten, estás en lo cierto.

Eso no me suena particularmente esperanzador.

—Sin embargo, en un sentido muy real, Nick se está acercando a ti —continuó—. Está creciendo en su capacidad de conocerte y amarte de verdad. ¿No es eso lo que tú quieres en tu matrimonio? ¿Que te conozcan y te amen?

—Sí, eso me gustaría.

—Y Nick está aprendiendo a hacerlo mejor. Desde luego, nunca podrá hacerlo a la perfección. No puede llenar las partes más recónditas de tu alma. Sólo Dios puede.

Puede ser. Pero igual me gustaría que Nick me diera más de eso.

—Dices que Nick está cambiando, que está aprendiendo a amar mejor. ¿Cómo...? —*No sé cómo decirlo para que no parezca tan egoísta*—. ¿Eso cómo se manifestará? Porque, desde luego, yo no me creeré más amada sólo porque Nick se pase todo el día sentado leyendo su Biblia y conversando con Dios.

—¿Es lo que hace ahora?

—Pues, no.

En realidad, a pesar de mi reacción negativa ante esa historia de Nick con Dios, no podía negar que, como marido, se portaba mejor desde hacía unas semanas. No es que yo se lo reconociera demasiado, pero se había mostrado más atento, un poco menos egoísta y, desde luego, emocionalmente más presente. *Y tampoco se puede negar que se toma unas cuantas horas para cuidar de una pequeña de dos años, lo cual es un verdadero milagro.*

—Aprender a amar de verdad lleva tiempo —siguió Emanuel—, porque significa dejar de lado nuestros intereses egoístas y vivir por el bien de los demás. Es un cambio de mucha envergadura. De modo que no puedes meterlo en una agenda. No es como aprender en un salón de clases.

—Pero... —*Esto sonará muy mezquino, ya lo sé*—.

Me molesta que ahora Nick se levante a las seis los miércoles… Ha formado un grupo de estudio y ha empezado a reunirse con unos amigos. Supongo que son como estudios de la Biblia. No lo sé. Es tan raro en Nick.

Emanuel rió.

—¿No esperarás que Nick aprenda por sí solo, no? ¿Se te ha ocurrido pensar que estas personas de hecho ayudarán a Nick a vivir profundamente a Dios y, por lo tanto, a amarte mejor?

—Es lo último que se me habría ocurrido.

—Sabes, aún no te has dado cuenta, pero todo lo que en Nick se relaciona con su matrimonio se cuidará por sí solo. Acabará siendo un mejor marido de lo que jamás imaginaste. La pregunta ahora es: ¿empezarás tú a convertirte en la esposa que podrías ser? La única manera de conseguirlo es teniendo a Dios en ti, y aprendiendo a oír su voz.

No estaba pendiente de nuestro vuelo, y me sobresalté cuando aterrizamos con una sacudida. El avión rodó por la pista sólo un poco. Me quedé sentada, pensando.

Nos detuvimos frente a la manga. Como de costumbre, todos se pusieron de pie. Una pareja de rasgos hindúes con un bebé y un niño se levantaron en la fila al lado de la nuestra. La madre miró hacia el compartimento del equipaje por encima de nosotros.

Emanuel se levantó y le dijo algo en lo que parecía ser hindi. Ella sonrió, señaló el compartimento y le respondió. Emanuel se giró, sacó dos maletas pequeñas y las dejó en el pasillo.

Se volvió hacia mí.

—¿Cuántas lenguas hablas? —pregunté.

—Todas.

—¿Qué quieres decir, todas?

—Quiero decir todas.

—Todas las lenguas que existen.

—Sí.

—Di algo en mandarín.

Habló en una lengua que parecía chino. Yo no sabía qué decir.

—Nadie puede saber todas las lenguas. Hay miles.

—Yo puedo.

Me lo quedé mirando en silencio.

—Ya te lo dije —advirtió—, he tenido mucho tiempo para practicar, por así decir.

El avión se había vaciado de pasajeros hasta llegar a nuestra hilera. Nos levantamos. Emanuel se inclinó hacia mi oído.

—Hablábamos de escuchar a Dios —recordó.

—Ajá.

—¿Quieres practicar un poco?

—Claro, supongo. —No tenía ni idea de dónde acabaría aquello.

Me susurró al oído, justo por encima del ruido de los pasajeros.

—Cuando tu hermana Julie se case y se quede embarazada, dile que no se preocupe de conseguir ropa para el niño. Le puedes prestar la tuya.

—Pero yo tengo una niña.

—Ya lo sé. Pero a partir de enero tendrás mucha ropa de niño. Felicidades, por cierto.

Me miró con una gran sonrisa, se giró hacia el pasillo y bajó del avión. Yo me quedé paralizada y sin habla.

Al cabo de unos segundos, salí de mi aturdimiento y recogí mis cosas lo más rápido que pude. Pasaron tres personas antes de que por fin me incorporara en la fila, y casi choqué con un pasajero. *Lo siento. Tengo que pillar a alguien.* Avancé a toda prisa, tirando de mi maleta, y pasé junto a un grupo de personas en la manga que llevaba a la puerta.

—¡Lo siento! ¡Lo siento!

Me lancé hacia la terminal y miré a la derecha, luego a la izquierda y finalmente hacia delante. *Nadie.* Volví a mirar en todas las direcciones. *Nada.*

Miré arriba, hacia los carteles. La zona del transporte público quedaba a la derecha. Crucé la puerta corriendo, dejé atrás las tiendas y a la gente que esperaba un vuelo adonde quiera que fuesen. Mi mirada iba de un lado a otro mientras mi cerebro procesaba claves de las últimas horas.

Y entonces lo supe. Supe quién había estado ante mis ojos todo ese tiempo. Salí disparada hacia el final de la terminal. Me acerqué a un mostrador de información.

—¿Dónde están los minibuses de los hoteles?

—pregunté, sin aliento. *Seguro que estará en la parada,* me aseguré.

El hombre me señaló hacia una zona de espera en el exterior. Salí corriendo, tirando de mi maleta, esquivé dos coches que se habían parado a dejar pasajeros y llegué a un tercer carril por debajo de un cartel grande que decía: "Minibuses de hoteles". Había un banco, pero estaba vacío. Miré a mi izquierda. Un par de carriles más allá y un poco más abajo, vi a alguien, una cara familiar. Un taxi se disponía a recogerlo.

Solté mi equipaje y salí corriendo hacia el taxi.

—¡Espere! —grité—. ¡Espere!

El hombre habló con el taxista a través de la ventanilla del pasajero y luego se giró cuando yo llegaba. Pero era un desconocido.

—Oh, lo siento —dije—. Lo he confundido con un amigo.

—Tranquila —dijo él. Abrió la puerta del taxi y se deslizó en el interior.

Caminé de vuelta hasta mi maleta. *¿Por qué no habrá sido él? ¿Qué ha hecho? ¿Desaparecer?* Miré a mi izquierda, a través de las puertas de vidrio que daban a la terminal. Nada. Se me ocurrió que debería mirar en la recogida del equipaje. *Pero viajaba sin nada. Es probable que no haya tenido equipaje. ¿Para qué necesitaría equipaje?*

Oí que llegaba un vehículo. Miré por encima del hombro y vi el minibús de mi hotel. Apuré el paso, pero el minibús llegó a la parada antes que yo.

—¡Espere un momento! —grité, cuando me acerqué.

El conductor del minibús apareció por detrás y se acercó a mi maleta. Era un hombre negro y tenía un peinado rasta. Echó mano de la maleta.

—¿Quiere llevar usted el bolso pequeño o lo pongo atrás?

Su acento sonaba jamaicano. *O al menos lo que se supone que debe ser jamaicano.*

—Me lo quedaré, gracias.

Guardó mi maleta en la parte de atrás. Miré en el interior. Estaba vacío. Me senté en la fila detrás del conductor. El jamaicano ocupó su sitio y puso en marcha el minibús.

—¿Podría esperar aquí un minuto? Es posible que venga alguien más.

—Ningún problema —dijo el conductor, y me miró por el retrovisor. Yo miré por la ventana, esperando ver la cara de Emanuel. *¿Cómo pude haber sido tan ciega?*

El chofer empezó a tararear una canción. Pasó un minuto. Se enderezó ligeramente en su asiento.

—¿Está lista para partir o quiere que espere otro poco?

Lancé una última mirada alrededor y luego, como con una punzada de decepción, dije:

—Ya podemos irnos.

El minibús partió y se dirigió hacia la salida del aeropuerto. El conductor puso música jamaicana. Yo cavilaba.

¿Por qué se habrá ido así? Al menos Nick tuvo la opor-tunidad de saber quién era y de hacerle unas cuantas pre-guntas. ¿Por qué habrá esperado hasta el final para dar a conocer su identidad?

¿Y por qué se me apareció? ¿O a Nick? No tenemos nada especial. ¿Estará siempre conectando con la gente?

Mientras lo pensaba, me sentía anonadada por el encuentro y, a la vez, decepcionada. *¿Ahora, qué? ¿Qué hace una después de una experiencia así? ¿Hay algo en este mundo que se le parezca?* Mi cabeza iba a cien por hora, recordando la conversación que habíamos tenido.

Llegamos al hotel. Me registré y me dirigí a mi habitación… todo un recorrido, dadas las dimensiones de aquel lugar. Intenté tener una perspectiva de las instalaciones durante mi paseo, pero el trabajo era lo último que me rondaba por la cabeza.

Mi habitación era espaciosa y elegante. *Tal como esperaba.* Dejé mi maleta junto a la cama, fui al baño y me refresqué un poco. Volví a la habitación y me senté en la cama. Miré hacia el teléfono y vi una caja envuelta en papel de embalar. La recogí. Encima, pegada a la caja, había una tarjeta con el nombre "Mattie" escrito a mano. No era la letra de Nick.

Desenvolví el paquete y miré en el interior de la caja. El regalo estaba envuelto con papel de seda. Moví el papel hacia un lado y saqué un precioso conjunto de color azul para bebé. Tenía una oveja blanca en el pecho.

Tendí la mano hacia el sobre y de él saqué una tarjeta. Abrí la tarjeta y leí las palabras escritas a mano en su interior:

Mis ovejas oyen mi voz,

y yo las conozco

y me siguen;

y yo les doy vida eterna.